谋爱谋生的路上

辰暖 著

重庆出版集团 重庆出版社

图书在版编目（CIP）数据

谋爱谋生的路上 / 辰暖著. — 重庆：重庆出版社，2023.5
ISBN 978-7-229-16317-4

Ⅰ.①谋… Ⅱ.①辰… Ⅲ.①散文集 – 中国 – 当代 Ⅳ.①I267

中国版本图书馆CIP数据核字（2023）第037532号

谋爱谋生的路上
MOUAI MOUSHENG DE LUSHANG
辰暖 著

策　　划：	华章同人
出版监制：	徐宪江　秦　琥
责任编辑：	朱　姝　王晓芹
营销编辑：	史青苗　刘晓艳　孟　闯
责任印制：	白　珂
装帧设计：	L&C Studio

出　　版：重庆出版集团 重庆出版社
（重庆市南岸区南滨路162号1幢）
发　　行：重庆出版集团图书发行公司
印　　刷：北京毅峰迅捷印刷有限公司
邮购电话：010-85869375

全国新华书店经销

开　本：880mm×1230mm　1/32　　印　张：6.25　字　数：96千
版　次：2023年5月第1版　　　　　印　次：2023年5月第1次印刷
定　价：49.80元

如有印装质量问题，请致电023-61520678
版权所有，侵权必究

目录

自序 　　　　　　　　　　　　II

第一辑
谋爱谋生的路上　　　　　　　1

第二辑
长大成人的枯荣　　　　　　　67

第三辑
这一路的悲欢离合　　　　　　119

短句　　　　　　　　　　　　170

后记　　　　　　　　　　　　192

自序

记不清是哪个瞬间,这些文字成了《谋爱谋生的路上》这本书的雏形,它们前后的时间跨度约有四年。

这四年,我的心智以前所未有的形式成长,长成了树,开满了花,守候在生活两侧,谋爱亦谋生。

谋生是难的,谋爱也并不容易。人生实苦的真相在成年人的世界里轮番上演。长大成人的过程,遍布了枯荣。

人在年轻时是不知何谓生活的,时常不明就里地过日子。

回头看,以十年为尺,看似每天都一样的生活,实则已发生翻天覆地的变化。今非昔比的你和我,他和她,都成了光阴客。"80后""90后"一代,正逐渐老去。

长大成人的枯荣，和着一路悲欢，在谋爱谋生的路上颠簸。流动的心绪，伴随着生活的波动，形成了这些文字。

　　文字被记录下来后，有了新旧，所以这是一本读起来新旧交替的书。新旧里伴着离落的风声、雨声和落雪。阳光和煦时和煦，雷雨交加时交加。生活本真的样子，在文字里生出尘埃与花朵。一撇一捺地写完，交付出去，便是圆了当下的不圆满。

　　你若问我写了些什么，我不知道该如何向你介绍它。

　　生活穿过我时，我穿过生活，于是有了这本书。

　　书，是一种美好的存在。

　　谋爱谋生路上的种种，全都由它委婉呈现。

　　一帧一帧的悲欢，一帧一帧的离别，一帧一帧的遗憾。

　　若有缘相遇，希望它能与素未谋面的你，有一些体己的交流。

　　便是这本书的意义。

第一辑

谋爱谋生的路上

一段告别

站在夏日的风里,扑面而来的阳光,似乎要把人灼伤。

微风习习,我站在人群里,看天,看云,看格子间里的你和我。

一些面孔,意识流似的,出现、消失、再出现、再消失。

生活一旦被铺上悲凉的底色,任其如何通透,都无法抹掉那疏离之感。

不知从什么时候起,人性频繁地出现在我的人生字典里,并不断地被修正。

我把心底那些物什,统统拉出来,晾晒在太阳下,并直视它们。

这里需要清理,那里需要告别。

对如此种种进行归类,人生突然就变得清晰而有条理。

五月做了储备，六月进行了清理。

人生的前半场，像一场悲喜无常的电影，喜忧参半。

一段别离，像极了五年前的那场决定。

我把那个旧的我收拾完毕，交付给新的自己。

一切都将剥落，一切都将告一段落。

帽子上粘带了新的日光，头发有了新的弧度，指甲上跳跃了一点新紫。

云烟里的旧，层层叠叠堆积在回忆里。

偶尔会感伤人性中的那点慈悲，旋即又雀跃着相信人性之美。

矛盾得体无完肤，却也了解得清清楚楚。

不过是一场能量守恒的修行，此处的失，他处的得，如此而已。

人到了澄澈的时候，再也无法用词语形容。不同情形下的角色粉饰，各不相同。

世间的总和，沉淀了一层又一层。你来我往，推攮着的，不过是人性里裹挟着的那点贪嗔。

每个人，都在用自己舒适的方式举步前行，或清明通透，或慷慨激进。

看雨的人，都以为自己看的是雨，而雨并不知道它是雨。

　　世间的生灭,实相里的虚无,智者看空,愚者看色。

　　我想故事本身没有所谓圆满,在它结束的时候就已经是圆满了。遗憾、难过、悲伤,都只是借由一段感情去真实地体验,而后成长,通透,宽宥,对自己负责。我们所有的贪嗔都会被矫正。直至获得持续的安宁与平静,如有风微澜,浅笑嫣然。如此。

年龄、婚姻、爱情

身边的朋友几乎都结婚了。

我终于被推到了风口浪尖。

三十岁,曾经觉得离自己很远的年纪,就这样降临了。而我的记忆似乎还停留在二十岁。

这十年,这么近,又那么远。仿佛蒙着一层纱,转瞬就到了约定俗成的适婚年龄。一个数字将女性分割在婚姻两端,让人进退两难。

尽管我觉得自己还很年轻,但周围的人早已不再像呵护一个孩子般温柔地待我。

他们觉得我在变老。一个女孩正在变老,没有婚姻,没有家庭,在父母看来,是一件令人惶恐的事。

身为子女,我理解他们的惶恐,但并不能感同身受。每当他们的惶恐开始加剧时,我就告诉他们,只要我愿意,嫁人和结婚是极其容易的。

他们不信,觉得我过分乐观。在他们看来,一个女孩上了年纪,就没有"市场"了,会被剩下。他们不明白,时代早就变了,年龄不再能定义女性,婚姻也不是最终的归宿。

这是两代人的认知代沟。我们互不理解,但又需要互相体谅。

虽不曾有过年龄焦虑,但父母的催促还是会让我对婚姻的坚持有所松动。也许我应该找个差不多的人结婚,就算是为了他们。

偶尔,我也会这么想。

但也只是想想。婚姻关系不应该为任何约定俗成而发生,它需要两个人互相吸引、同步成长和双向奔赴。

因为不在世俗的潮流里,我感觉身边的朋友越来越少,偶尔甚至有些孤独。我害怕任何人突如其来的关心,比如"你要找个人照顾自己"。好像没有伴侣、不结婚,就无法过好这一生似的。

在他们看来,结婚的意义只是为了找个人照顾自己,彼此之间可以没有爱情。大家习惯了分分合合、吵吵闹闹。

就这样,我成了一棵杂草,在单身的行列里经受风吹日晒。我和我的那些朋友失去了共同话题,我们井水不犯河水,渐行渐远。

我偶尔会猜想,他们是在什么样的契机下决定进入婚姻的?这一天和其他日子会有所不同吗?

没有人能说出个所以然,但这不妨碍他们对婚姻的向往。

仿佛婚姻是彼此的救赎，拯救两个孤单的人于水深火热中。

回头看，人生的每个决定都促成了今日的光景。那些没能一起携手到底的感情，仔细想来，都是上天的眷顾。若当时进入了婚姻，或许也只是一地鸡毛。

人格、心性、智慧不具足时，过早地进入婚姻，只会毁灭爱情。

很多破碎的婚姻，不是没有爱情，只是两人不善于经营，感情都被消磨光了。

人与人的不同，造就了婚姻际遇的不同。有人一不小心到白头，有人行至一半中途下车。你能说这是谁的错吗？不能。决定进入婚姻的两个人，不管怎样，曾经都觉得对方值得托付。

是什么让彼此走向破碎？

金钱、诱惑、第三者、人生观……

太多不可控的因素了。

反正分离的人最后都有一个共识，那就是不爱了，至少有一方不爱了。但凡一段感情还有爱，如果没有原则性错误，是不会被轻易放弃的。但分开的人常说，我们还相爱，只是不适合。这是一个体面的借口，明白的人都明白，不明白的人也不知所以。

两个人经历风吹雨打之后，还能执子之手与子偕老，实属不易，需要天时、地利、人和。所以，我从来不觉得年龄是婚姻的分水岭，它只是一个数字，若没有智慧的加持，它不具有任何意义。适婚的年龄应该以心智成熟度来判定。

分手的决心

一件事一旦牵涉到决心，就多少有点郑重其事了。分手也是。世间没有任何突如其来的不辞而别，如果有，一定是有人做了很久的准备。

在没有正式提出分手之前，她就暗自思考了一个月。她把和他在一起的所有日子重新回忆了一遍，不生气的日子不超过三天，多数时间都在冷战。她就这样坚持了三年，分分合合。

每一次冷战的缘由都微不足道。有时是今天吃什么，有时是谁帮谁拿个东西。这些争执，成了他们生活的主题。

不可思议的是，她居然坚持了三年。

这三年里，她是怎么想的呢？

她为他的种种行为寻找理由，以自我安慰的方式度过了一个又一个冷战的日子。

一段感情，但凡需要太用力维系的，都应该及时止损。但她没有，她试图"拯救"他。她觉得他只是一个没有被好好爱过的人，所以太过敏感了。

她原本不是这样心慈手软的人，但在这场感情里她分明输得彻底，却又不敢承认。

她一直都不知道，事实是自己在他心里不够重要。

这是三年后回头看，她终于明白的道理。他并没有那么喜欢她，只不过没有找到更好的人而已。

决定分手的念头是在什么时候升起的呢？

好像也没有特别具体的事。大抵是委屈积攒得多了，到了情感承受的临界点，便崩不住了；又或许是，失望得久了，没了期许，想到要这样过一辈子，她倦了。

一个人决定离开一个人，说简单也简单。她在得不到她想要的"好"时，自然而然地就结束了。以你值得拥有更好的人为分手的理由，听起来多少有点道貌岸然。

分手那天恰逢节日。

他们吵了一架，回来后就散了。

他回来找过她一次，但她决定不再继续。

她不能辜负自己努力好久积攒的决心，她要坚持。

人只有谈过几次被消耗的感情，才能体会到被人好好对待的珍贵。这样的道理她三年后才懂得。可能他只是她的一场人间疾苦。现实世界里她不可能经受的痛苦，他都带她体悟了。只是这种体悟带来的阴影，在她心里覆盖了许久。

我如果说成长中做错过什么，那便是过分在意他人的目光，努力活成他人喜欢的样子。

晚熟的人与骤然的成长

都说物以类聚,人以群分。我和我的朋友们如出一辙,都是晚熟的人。

但很多时候,晚熟的人意识不到自己晚熟。

当晚熟的人主动提及这个话题时,意味着他们已经觉察到晚熟,且骤然成长过。

晚熟的人都是很晚才走向社会的。在人生规划这件事上,有谜之自信,却又从不落地。比如多少岁结婚,要挣多少钱,买多大的房子,等等。

当周围的人都稳定下来,进入人生的第二个阶段时,我们还在第一阶段异想天开。一些快三十岁的人聚在一起,谈论的不是孩子、房子、车子,而是文学艺术的创作。这多少有点荒谬。

普通人要过普通人的生活。进入人生第二阶段的朋友们常常这样说。

他们说得没错。

但不知道是什么原因导致我们成了晚熟的人。

可能是在成长的某个环节里,我们突然掉链子了。

可能是父母教导你要好好工作,也可能是社会舆论和价值导向让你尽力做最好的自己。

晚熟的人过分盲信了定律，一门心思追随自己的本心而去，忘却了世俗里的几件人生大事：成家立业、结婚生子。

但三十岁好像一个分水岭，让人骤然成长。

我一个做编剧的朋友正是在这一年倏然醒来的。

我也是。

三十岁这一年发生了什么呢？

好像什么也没发生。

经历过的一些事，像被唤醒的记忆，突然活络起来，在脑子里重新跑了一遍，这让我有了新的领悟和新的解读，对过去的人和事，以及那些日子。我意识到曾经的某些决定过于理想主义。

那是一夜之间的清醒，仿佛能将人从迷蒙的状态推入撕裂的现实里来，来不及梳妆打扮，就要去赶路。路有点窄，坡有点陡，一路上都是谋生的人，起早贪黑。

我那个朋友说，要是刚毕业时就明白这些生而为人的道理，现在可能已经是个小有名气的编剧了，不至于还在不温不火地挣那几两碎银。

是啊，要是毕业起就专注地做一件事，这件事所带来的复利效应，应该很丰盈了。

但是这些年，我们都在忙些什么呢？

倒是有坚持，也有热爱，但并不专注。每天心里有成千上万的想法，却并没有认真研究过一个。虽然有安身立命的手艺，却也没有真的珍惜。做出版如此，写作如此。多数时候我们都是随性而为之，依仗着一点小才华，活在一个人的小世界里，自我陶醉着。

所以，这骤然成长也不是骤然发生的，只是晚熟的人太晚熟了。

不会恋爱的我们

不少朋友都婚嫁了，三十岁的我们还徘徊在单身行列。身边的朋友开始替我们着急，七大姑八大姨们也开始帮我们张罗。

在恋爱这件事上，我和我的朋友们不是晚熟，是根本不熟。女孩子那点咿咿呀呀的委婉心思，我们完全不懂。比如什么欲擒故纵，什么恋爱技巧，我和我的朋友们完全没有经验。

到现在为止,我们也不太能理解女孩们的那些小心思,只好奇她们是怎么学会的。仔细想来,我们也不愚笨,但在感情这件事上似乎总是少点天赋。

我们没有取悦异性的习惯,喜怒全凭自己。在我们的思维里,管你什么身份地位,喜欢就是喜欢,不喜欢就是不喜欢,绝对不会因为你能力强,就把你列入自己的备选名单。一是懒,"养鱼"毕竟需要管理;二是不乐意这么做,人生那么有趣,好玩的事儿太多了。

于是我们成了赤裸裸的无产阶级,不仅没有包,还没有"鱼塘"。我和我那些耿直的朋友们就这样在单身的路上没心没肺地飙到三十岁。

三十岁那年,单身朋友骤然减少。

剩下的单身人士突然开始对自己的人生做总结。

为什么这么好的我们会一直单身呢?

最后我那个搞艺术的朋友这么总结道:是因为没有"鱼塘"吗?

不,是不知道如何与"鱼"相处。

不得不承认,她这个总结很有深度。

人是不能思考的。一思考就会对自己的人生大动干戈。我们把从小学到现在接触的异性全都翻了个底儿朝天，试图一点点研究我们之间有过的交集。

在哪里跌倒就要在哪里爬起。

要像攻克高考那样攻克男人。

脱单的人给未脱单的人打气。

她们还给我们分享了许多有关恋爱的图书和课程，密密麻麻的。归纳起来，无外乎是教你如何让一个男人死心塌地地爱你。不得不说，恋爱是有套路的，比如怎么约会、怎么聊天、怎么和异性相处。

只是我和我的朋友们怎么也学不会这些。

不是我们不努力，而是在这方面的天赋真的很有限。

别人运用起来得心应手，我们运用起来是生搬硬套。

原来女孩和女孩的差别如此之大，那些精通恋爱的女孩们让我们目瞪口呆。

后来，我们想明白了一个道理，像鲁米说的："爱只是发生，不能学。"

各人有各人的活法，恋爱也一样。单身也不代表什么，不会恋爱也不一定是真的不会，只是在对的人出现之前，懒惰而已，懒得周旋，也懒得筛选。

山海自有归期

坐上远行的列车，不说一句话。双手托腮，凝视着窗外。

这些人生的番外，昨日和今日的喜悦，昨日和今日的痛苦，都在心里，沉了下来。

或许过几天，过几个月，还会开心起来。这点难过不算什么。她沉默地穿过生活，穿过曾经难以割舍的一切。

这些年生活里的云烟雨雪，悄悄在她身上留下痕迹。她从一个眼神无忧无虑的孩子长成了容易伤感的大人。伤感时，就连夜晚的风都有了心情。

究竟怎样才会幸福？

这种追问本身似乎也是一种痛苦。

她越来越感到被生活的重担压着，无法声嘶力竭地呼喊。破碎的感情、离开的人和没有结局的故事。她都随它们去。

肚子发出咕咕的叫声，是饥饿，但并不想吃东西。窗外的绿，葱葱茏茏地移动着。夕阳挂在云里，醉得像日出。从生活里来的人，正往生活里走去。

走出站台的时候，脚步放得很慢。看人、看车、看天边泛起的白。人生的景致，明明这么好看，为何总也不能驻足欣赏。

城市的繁华,在乡间小道里扯出悲伤。逆流而上的,和顺流而下的,在心里跑来跑去,踏平了山海。

去或留,在心底不停徘徊,像跷跷板一样颠簸起伏。想要而不敢要的纠结会让人失控。

她累了,顺应着命运安排的种种,不愿再争夺什么。

人间一场,到处都是魑魅魍魉。

谁心里没个喜忧参半,所谓山海自有归期,万事也终将如意。

同生活一起漂流

万物的虚空在日光里显得格格不入。
好的坏的都在日复一日里漂流。
好看的糖果掉在少女的口袋里。
晨昏间的细碎落入烟火尘埃。

人,来来往往的,孤独。
城市,熙熙攘攘的,荒芜。

表象与实相有着如出一辙的背离。

谁都住不进谁心里,谁都在画地为牢,走不出自己扎下的樊篱。

这是长大成人的代价。明媚的笑与冷淡的处世哲学相得益彰。

生活没有所谓好坏,如同成长没有所谓对错。

人一旦戒掉欲望、我执、嗔痴,便轻松明快许多。

那些糟糕的体验,给人以毁灭,也给人以新生。

新生意味着打碎自我,同生活一起漂流,既不留恋好的,也不逃避坏的。

我曾以为世上的花朵都向阳,但总有一些花的存在让人明白,不是所有的美都盛放在日光下,也有一些美无人问津。热烈而颓废,冷淡而迷人,美得格格不入。

世人多向往热闹、繁荣、锦绣。

而大多数热闹,不过是人类打发孤独的粉饰。

自心深处而来的快乐,一个人就可以完成。

世上每一个你遇见的人,在某些时刻或多或少都曾摇摇欲坠过。如果说悲凉是人生的底色,那么脆弱就是人性的本质。如同一张纸,随时会飘走,随时会湿透,随时会起褶皱。

即便如此,人们还是习惯了互相伤害,并以此来维护狭隘的自我。

成人世界的无趣大抵是从这些锱铢必较里横生的。
遮遮掩掩地示爱,遮遮掩掩地谋生,遮遮掩掩地处世。

每每此时,我想我是厌世的。
有什么好小心翼翼的呢?大不了重新来过。
只要自己不伤害自己,谁又能伤害得了谁呢?
不过是生活一场,漂来什么,洗礼什么。
真、善、美,若都是真的,谁又会无动于衷呢。

欲望、妄想、理想

突然就立秋了,一年转瞬间就过了三分之二。写下这些文字时，很多张面孔倏忽闪过。陆家嘴的交易员、创意园的年轻人、路演社的创业者，他们都曾朝气蓬勃地谈论过理想。

年轻人谈论起理想，眉飞色舞。十年，像一条黑白分明的线，悄无声息地承载了许多世事变迁。

那时，创业似乎成了一种潮流，每个人都想通过创业实现阶层的跃迁。一时间，财富涌向普通人，又淹没了普通人。

部分人的成功引发了普通人对成功的向往。

部分人的理想引发了普通人对理想的追逐。

在那波创业潮里，有人起高楼，有人宴宾客，有人楼塌了。或是谋生，或是谋爱，生活的种种变数袭来时，各人做了各自最适合的选择。只是不知道他们的理想是否实现了。

究竟什么是理想呢？

年轻时侃侃而谈的那些，真的是理想吗？

是否披着欲望的外衣？

这是十年后的我，往回看时发出的一些疑问。

那个想要拯救社会的年轻人，与那个一夜之间跌落神坛的企业家，他们之间有着怎样的异曲同工？

平凡的我似乎无法感同身受。

知识给人以深刻，同时也给人以欲望。人有时会因见多识广，而产生不切实际的欲望。

而年轻给人最大的误会，是把欲望当理想。

有些理想，不过是对这个世界的妄想。那妄想里包裹着一个年轻人的自我证明和不甘平凡。他们企图通过理想改变命运。

仿佛没有理想就意味着平庸。那是一个人人不甘愿平庸的年代，近乎每个人都努力摆脱平庸。

人们为什么要努力摆脱平庸呢？

我随着下班的人群，从格子间移动到长长的铁盒子里，试图找到答案。在那密集的人群里，他们奋力摆脱的是什么？为之努力奋斗的又是什么？

铁盒子里的人很多。大家摩肩接踵，举着手机，沉浸在虚幻的世界里。人在拥挤中变得很普通，甚至有点难看。但一走出铁盒子，回归具体的个人，大部分人又身披欲望游走在不切实际的妄想中，并自以为那就是理想。这样的错觉，给平庸的人带去许多痛苦。有人妄想起高楼，有人妄想宴宾客，没有人妄想楼塌。而事实往往是，一座又一座楼塌了。

如《生活大爆炸》中的台词:"不是所有人都能功成名就,我们中的有些人注定要在日常生活的点滴中寻找生命的意义。"

保持人性的质感

在居家办公的一个多月里,我思考起许多事,从对生活的整理到对自我的整理。抛开按部就班的"正确"生活,撕掉日子里的重复一角,放自己去人性的边缘采风。与朋友探讨心流,和修行人探讨佛法,和邻居探讨《月亮与六便士》。偶尔看天空流动的云,听日子不明就里的风。

这样的放空,让生活回归生活本身,只关心蔬菜和粮食。偶尔与朋友们聊起人生,何为正确?我时常插科打诨地飘过一些玩笑。认真的话题需要诙谐对待,才显得不那么严肃。

何为正确呢?

每个人在每个阶段都有不同的答案。昨天看起来绝对正确的,兴许过几日就被自己全盘否定。而所谓正确,多数时候不过是基于有限的认知所主观定义的一种个人理解。充满局限性。

甚至，人生的某段生活切片里，本就需要一些谬误和不正确，以此抵消一些难以释怀的过往，走出自己的画地为牢。

什么是牢呢？

凡你所喜欢的、在意的、渴望的，生了执念，便成了牢。

世人千面，各有各的牢，但又都不觉得那是牢。各自背负着各自的牢，浑然不知地走向他人，走向俗世。直至新月起、繁华落，生活回归本质。

回归，让人对人生的理解，有了新的参透，从生活的质感上升到人性的质感。

说起人性，细数其究竟，并不总是好的，贪、嗔、痴、慢、疑，每一种附着于心，都会让人为其劳苦。

但也有一种人性光辉，充满质感，它理解人性里的两难，却又恰到好处地向上向善；接受自己所有的谨小慎微，也理解他人充满瑕疵的背光面。通透，明亮，敞开。

一个人,长时间以自己的个人视角去理解世界,会陷入非黑即白的单一认知。这种认知,可能给予你关于人性的美好想象,但也会给你带来极大的痛苦,尤其是你以为的世界观与别人的世界观相悖时,会产生强烈的内心冲突。

女孩、包、自信

刚毕业时,我去哪儿都喜欢背个帆布包,无论出席多么重要的场合。后来,我一个从事金融行业的朋友告诉我,大城市的女孩要有几个名牌包。

那时我并不理解她的说法。在我看来,包就是包,只是一个盛放物品的工具,除了需要好看一点,和身份并无瓜葛。

但我身边的女孩们沉迷于买包,买不同的包,各式各样的包。

在那群爱买包的人里,我显得格格不入。我理解不了她们买包时的满足感,如同她们理解不了我一个帆布包走天下的快乐。

我像一株粗粝的野草长在一堆鲜艳夺目的花朵中间,不起眼地四处摇曳,但是没有包。

后来我问她们为什么喜欢买包。

她们说拎着一只昂贵的包,人会产生莫名的自信。

为了理解她们所谓的自信,我也尝试给自己买了几个。但是我并没有觉得很快乐,那些名牌包甚至不及帆布包的自在随性。帆布包可以随处丢放,名牌包要小心呵护。

那时我开始明白人与人之间的快乐是不一样的，构建自信的底层物质也是不一样的。不是所有的女孩都需要用名牌包来证明自己，也不是所有的名牌包都能治愈女孩。

但最近一个跟我同样喜欢帆布包的朋友郁闷了。她说："以前觉得自己肚子里有东西，背什么包别人都会尊重你，但现在我意识到背帆布包并不是因为我喜欢，而是没有钱买更好的。不仅没有名牌包，其他什么也没有。"

她的话里流露出巨大的伤感。

那一刻我理解了女孩们为何试图通过一个包建立自信。她们有时不是爱慕虚荣，只是为了让自己看起来更体面，被更多人认同和喜欢。

很多女孩，在大城市里好像无根的浮萍，她们需要爱，需要慰藉，需要被认同。但是大城市里的一切都不属于她们。工作随时会丢，恋人随时会分离，房子随时会被收回，只有花重金买下的包可以形影不离。那可能是她们的安全感所在。

如果一个包能让她们恢复体面，重拾自我，也是一个不错的疗愈方式。但人的底层自信是无法通过一个包获得的，女孩的自信更不能。

人在什么时候会获得真正的自信呢？

是你穿了一件喜欢的衣服,所有人都说它不好看,但你还是很喜欢它。你不会因为别人说了几句不合时宜的话,就不再喜欢它了。

是你认识到自己的全部,不为自己的缺失而感到羞耻,也不为自己的不够完美而自圆其说。你正视每一种存在,并允许它如它所是,借由生命去经历、体验和觉察。

暇满人身

一年过半,放自己去生活里体验,冷静地旁观,热烈地参与,感受各种不同以往的事物。有趣的相逢别开生面,人性的万花筒也各式各样。很多事突然就放下了,人因视野的开阔而心地宽广。

不知从什么时候起,心变得容易欢喜了,会因为一些简单的日常而感到快乐。那年轻的欲望落入凡尘,柔软与坚定相得益彰。

给房间换上新的色彩,一床柔软明黄,一地温润米白。寸寸都是舒适的恬淡和寡欢。风摇起帘子,吹起褶皱,卷起人间的三寸日光,是生活本真的样子。

人对颜色喜好的变化，折射了他人生态度的变迁。从冷淡疏离的黑灰白到素净简约的莫兰迪色系，是心的底色在变。人在阅尽世事后的喜好与品性，可以通过物件得以体现。

对生活的感知力，逐渐恢复了原貌。各种人生际遇扑面而来。小心翼翼拾掇起它们，在一日日的细碎里端详。早起后的第一杯蜂蜜水，睡前的最后一小口燕窝，都是一天的组成部分。开与合之间，瓜熟蒂落。

朋友失恋了，平静得看不出任何悲伤。我陪她散步，风吹来一点悲欢。我蹲下，捡起路边一颗小石头，扔向灯下的昏黄。什么都没说，但又什么都说了。因为明白旁观者的一句放下，于她而言，是万分艰难的。

这世间的任何云淡风轻，无一不曾摇摇欲坠过。人人称道的岁月静好，多是破碎里努力完整的圆满。哪有什么轻松的人生？一眼望去，许多人都是哭着笑着艰难前行，却又常常自欺欺人。

有时候，人并不知道何为正确。年轻时常常荒唐地抖落着碎银几两，游戏人间，自以为正确。人性里的参差时常令人身陷囹圄。但那是他们的人生脚本，盈亏自负。

因为明白人生实苦，谁人都不易，所以很早就学会了体谅。体谅生而为人的自我保护，也体谅各人有各人的城府与原罪。不管怎样，大道至简。

比起乱花渐欲迷人眼的斑斓，我更喜欢秋水共长天一色的澄澈。朴素里透着的澄澈，像玉一般温润好看。这种了悟给人以沉潜入心的宁静与平和，高级而有质感。

人生哪需要费尽心思的欲盖弥彰。足够真诚，则无往而不利。当然，此处的真诚，是她什么都知道，但还很天真。

要度过怎样的一生，并不需要很宏大的规划。这些细碎组成了人的一生，回头看可能是碌碌无为，但在人生的某些时刻，一定曾在他人的生命里闪耀过，给他人带去过光明，无意或有意。

我想这就足够了，不需要很伟大。简单大度、爽利真诚、克己复礼，就足够了。格局之间有方寸，举手之间有担当，这便是一个人生而为人基本的原则了。

衣服与自我

穿了多年的棉麻森系风服饰后，我给衣橱里增添了法式复古风和时尚小香风的服装。这两种曾经与我完全不搭的风格，现在竟如此和谐地呈现在我身上，甚至比棉麻风的服饰更适合我。人，因为这些服饰的更新，而得到新的诠释。

我想起初到上海的时候，那是一段极为消沉的日子。我用宽松的衣袍裹起不自信的内里，每日耽于人际和职场的琐碎，如履薄冰。即使再好看的服饰，也因为人的不自信，而无一例外地布满褶皱。那褶皱是内心深处的怯懦，泄露在衣服的每处针脚与走线上。

后来，为了调整自我，我做的第一件事便是更新衣橱。我清理了那些追潮流而买回的服饰，更换成材质与颜色俱佳的衣物，每一件都很珍惜，每一件都很有它的特色和风格。

我永远记得在一个大雨纷飞的冬夜，穿戴着它们开心地走在路上。雪一片一片落在肩膀上，打湿了发梢，我却因这新的衣物而得到了重塑。按理说，长大成人的孤独，是不能被获得一件新衣的快乐所慰藉的，但是那天，我仿佛抽离了那个被世俗碾压了多年的我，做回了与众不同的自己。这便是一件新衣给予人的新生。

五年过去了，我几乎已经从内心深处摆脱了自卑感，再也没有过容貌焦虑，更不会因为谁否定了自己就开始自我怀疑。但是在受疫情影响的空暇，又有了许多思考的空间和时间。在生命的长河里，当下的我是否停留在了旧的审美体系里，是否活在了自以为是的认知体系里。

如果从人生此刻的果，去推测曾经与行为与认知有关的因，那么一定是有不够正确的方式。否则这个果应该与理想的样子完全吻合。所以我对自己进行了新的梳理，我想我应该有一个新的面貌，由内而外。

每段革新的起始都是衣橱，但此次的衣橱更新和上次有所不同。如果说上次是作减法，那么这次是作加法。因为人找到自我后的选择会变得很精准，并不需要太多淘汰。那些旧的服饰也不是不适合，只是需要一些新的色彩和风格。

当我着上这些新衣，自我感受中多了些许明快。比起过往的黑白灰，这些柔和软糯的色彩，予人以柔软与松弛，好像日子抖落了下来。光一层层照在身上，带一点朦胧，带一点温柔。

花束般的恋爱

在看《花束般的恋爱》这部电影时,她就预感到自己会和他分手。果不其然,不到一个月他们就分了。而他们在一起的时间加起来也不过一个半月。

他们的分手突如其来,就连他们自己都感到意外。两个不错的人,连激烈的争吵都没有过,却因为一个小小的误会就分了。

人与人之间的感情,开始与结束都充满了戏谑。就连听闻的人,都有些伤感。进入一段感情、爱一个人,曾经觉得都是平常的,而今却变得如此艰难。不知道是城市太繁华,还是富贵太迷人,温暖与良人都变得奢侈。

结束一段感情总归是会难过的,但也不会太久。人的自愈能力在一次次别离中被练就。

这次分手,她很快就恢复如常,也很快就开始了新生活。她没有把自己困在原地打转。从爱到别离,有时也就一步之遥。

一定是有什么地方不合适,才导致了毫无争议的分离,只是彼此都没说。体面是成年人的修养。

对的人在错误的时机里遇见。虽然有昙花一现的浪漫,但没有明确的结局,而她经不起等待。爱情像一门玄学,周围人都看好的一对和周围人都不看好的一对,有时偏偏有着相同的结局。

眼泪是失恋的必要抚慰。

但这次,她也就哭了一会儿。

反倒是他,哭了很久。

哭是没用的,不要在撕掉的一页里浪费情绪。这是她骤然成长后学会的。她的心越来越坚硬,连悲伤都可以抹去,不舍也是。

说她完全不受影响也不是特别真实,只是心里的某段情感线又悄悄地变了。每次失恋带给她的领悟都不一样。上次是珍惜,这次是克制。

细致的呵护让人变得温柔。她在这段感情里被周到地呵护过,疗愈了上段感情遗留在她心底的枯萎。这是这段感情的意义。

一段感情的结束,意味着爱的消弭。

在眼里忍了很久的泪,掺和着笑,挂在眼角。

很美吧。

钱与清白感

我对钱的认知晚熟且浅薄。很长一段时间里,我并不知道它的作用。但在我模糊的记忆里,它是不好的、罪恶的,会带来伤害。

这种认知是怎么产生的,我无从考证。只是隐约记得,父母的每次争吵都与钱有关,而我害怕他们争吵。

大人都以为孩子不谙世事,但其实孩子什么都懂。

在我们那个地方,有很多女人因为吵架想不开,喝农药死了。家里的小孩就成了没有妈妈的人。一个孩子没有了妈妈,是很可怜的。

所以在我的潜意识里,我害怕争吵后的妈妈也会想不开,去喝农药而死。我不想成为没有妈妈的小孩。这样的恐惧让我间接地讨厌与钱有关的一切,认为是钱让他们发生矛盾的。

人因恐惧而变得乖巧。我成了生活中早熟的孩子,乖巧懂事得无须父母操心。比起那些为孩子操碎心的家长,在学业和感情上,我都是父母的骄傲。

后来,他们很少吵架了。我家也成了我们那个地方的"万元户",也就是那个年代的有钱人。具体有多少钱,我也不清楚。只是记得在我们那个地方，我家算是富裕人家。我也成了左邻右舍的小孩羡慕的对象。

确切地说，在成长过程中，我的确很少感到物质的匮乏，也从来不用为钱操心。渐渐地我就忘记了钱的作用。这样的生活环境，造就了我不接地气的一面。

所以大学毕业开始工作的很长一段时间里，我都不知道为自己争取合理的薪资。好像谈钱是一件令人羞耻的事。情怀怎么可以用钱衡量呢？

不是只有我有这样的认知，身边的其他人也是。我们对钱的态度真有点"既当又立"。

而当我提笔写这篇文章的时候，对钱已经有了正确的认知。这也意味着我经历了复杂的生活，意识到钱与万物的关系。这种觉知得益于心理学的指引。

因为学习心理学，我有了很多探索自我的契机。偶然间了解到金钱关系是一种能量，对金钱有羞耻心的人，在关系里是有卡点的。基于这样的认知，追根溯源到内心深处，我想我有必要和钱谈谈。

在心理学课上，老师要我正式面对它的时候，钱与我是相互排斥的。这样的关系，投射了我与自己的关系。在生活层面，我是不允许自己物质的。

在那个不允许的背后,其实是对自己的不接纳。认为钱等同于市侩,认为谈钱伤感情。不希望别人认为自己爱钱。所以努力摆脱与钱有关的种种。

这种对钱的清白感,并不是淡泊名利,而是自我关系的一种对抗。看似不争不抢,却在无形中产生了一种消极的影响,使人不敢争取应得利益,与人合作时无法获得公平的待遇。

其实,钱只是一种工具。它是中性的,无所谓好坏。人不会因为轻视钱而变得高尚,也不会因为在乎钱而变得不堪。关键在于人如何驾驭它。

这种醍醐灌顶的觉知,让我对钱的认知清晰许多,也从对钱的负面认识中矫正过来。

> 商场里看见一副耳环,看了看标价,悄悄走开。

万物的脆弱

冬天到了,万物脆弱,风一吹就摇摇欲坠了。说不上多冷,也说不上多烈,日子该有的模样与温度,都有,但总觉得缺少了些什么。城市霓虹闪烁,记不清地铁里谁和谁曾摩肩接踵。生活,日复一日的生活。

什么是生活呢?在很长的一段时日里,我并不理解它真正的含义。我猜想它是人类共生的荣耀,举目望去的锦绣。于是奔着这独木桥走了好长好长一段路。桥有点窄,人有点多,一不小心就人满为患。

巷子口卖豆腐的老人,地铁沿线卖唱的少年,陆家嘴的交易员,格子间的都市丽人,熙熙攘攘,都在这桥上。从生活里来,往生活里去。忙忙碌碌,好不热闹。生活,不只是时代的光鲜,还有朴素的存在。

朴素,于一生而言,并不总是好的。它受限于客观条件,伴随着乏味与无趣。但不管怎样,又总有它的可取之处,哪怕只是一饭一蔬。

当然,这看似太阳照常升起的每一天,都是生活的旁白。于很多人而言,活着本身已经很辛苦了。为那几斤碎银两,起早贪黑,已是常态。明明是没有希望的一生,却也倾其所有地为争取多一点富足而努力着。人如蝼蚁。

北京三里屯斜对角居民楼里的地下室，上海弄堂深处等待被拆迁的老房子。生活的背面，像月亮与六便士，暗戳戳地真实发生着。光是处理这些来自生活的难，就已花光了很多人的勇气。哪怕就此沉沦，似乎也没什么不妥。谁有资格指责谁不认真生活呢？不过都是第一次为人，哪有绝对正确的人生经验。

每每此刻，逃离生活的愿望便如此强烈。像悲观主义的花朵，对人性不抱以期许。但也有那么一些迷人的瞬间，给人以好好生活的勇气。傍晚的暮色、拂晓的光，婆娑的温暖、体己的关怀。这些细碎的美好，给寡淡的人生底色铺陈了些许期待，让人相信明天会更好。

日复一日的明日，以它的形式向我阐述了何为生活。它不是呼朋引伴的热闹，也不是执念加身的缠绕，更不是未来预设的假想。它是当下发生的每个瞬间。煮一壶茶，插一束花，整理一下衣橱，都是生活。真真实实的生活。

给世上摇摇欲坠的你

冬,悄无声息地结上一层冰,在有些人心里。说不上多厚但始终融化不了。像伤口处结的痂,欲盖弥彰。

我没有说话的欲望,长时间地静默,朦朦胧胧地生活。

我路过一些人,一些人路过我。在心门关上的那一刻,世界被迫静音。

黑白,人影,来来往往。人心深处的苍凉在热闹里穿梭。像雾,像云。

有那么一些时刻,在格子间里,生活的真相被蒙蔽,我们走走停停。

偶尔打开耳朵,听那些千年不变的话题,相似的噪点,相似的表情。

人类的无趣,从不分昼夜的谋生开始。

在一座城飘荡了五年,无处可依的孤独被刻在骨头上、写进生命里。

生而为人的束缚,像一张密不透风的网,经年累月地交织着。

生活的要义,偶尔也会显得模棱两可。

十年。
很多原本以为会长长久久的人都离散了。
充满少年感的情谊,日渐稀薄。

每个人,都在风中摇摇欲坠。
成人世界的无力感,扎根于心。
我们开始理解聚散离合,不再执着于求仁得仁。

谋爱谋生的路上

每天上班都会搭乘不同颜色的出租车。有时是白色,有时是黑色,也有时是模糊不清的颜色。它们来自不同地方,被不同的生活所迫,但无一例外,会带我去往同一个地方。

通往那里的路,有很多条,有的远点,有的近点。人不多的时候,我喜欢绕远一点的路。任风驰云走,对着窗外发呆,漫无目的地看,什么也记不住。

风景在车里倒退。红的、绿的、粉的、白的,张灯结彩。姹紫嫣红。偶尔和司机师傅聊上几句,便是一日的所有言语。其他时间都是大段大段的沉默,没有任何想要诉说的欲望。连同身体的疲乏也变得乖戾。

天黑时,整个城市会亮起灯,照在树上,照在路上,照在成群结队的人心里。

路上有很多人,有的走得快,有的走得慢。着急回家的人,多有天使要守护。漫无目的人没有归属,他们是这座城的游子,举目无亲。

路,有时越走越长,也有时越走越短,取决于走路的人当天的清醒度。有时会莫名迷失方向,找不到回家的路,左右彷徨。下雨时尤甚。

迷路时我喜欢站在天桥上往下看,看熙熙攘攘的车来车往。猜想他们留在这座城市的原因,是一茬一茬的梦想,还是一段一段的生活,是否也像我二十三岁时,有着义无反顾的奋勇。为了那份喜欢,飞蛾扑火。

希望他们不是。

蛮荒的喜欢,具有毁灭性,像一种暴力美学。描摹不当,害人害己。

生活里的悲剧,不同于电影,它真真实实地发生,给人的身心以永久性的创伤,不带任何浪漫色彩。

若把多年后才明白的道理说给二十三岁的自己听,面红耳赤。后知后觉的领悟并不总是给人恰到好处的幸福感,偶尔也伴随着遗憾。时间往前推三年,还觉得自己正确无比。认知的浅薄造就洞见的粗鄙,我也不例外。

雨,大片大片地,落在屋檐上。想起儿时坐在门前看的雨,珠帘似的垂下来,带一点小小的顽皮。

那时的日子还不是生活,拥有童言无忌的自由和一个洋娃娃就能满足的快乐。转瞬间我长成大人,再也不会在床上放洋娃娃,却还试图赖在童年不走。

我脑海里出现了一幅场景:一年夏天,紫藤花开,我光着脚丫站在树下,悼念一只死去的鸟儿,给它祈祷,使它善终。

很多年过去,在谋爱谋生的路上,竟忘记我也曾经柔软。在乡野,在不曾到过的远方。

臣服

此刻写下这些文字的我,在地铁里,带着一点威士忌酒后残余的兴奋。

地铁里人很多,我倚着栏杆,迫不及待地把心底涌动出来的那些欢喜记录下来,带一点清透的酣畅淋漓。

突然,是个很好的词,它不经意间就让人焕然一新。可能是一个悲伤的瞬间,可能是刹那的别离,也可能是陌生而友善的抚慰。总之,它很好,悄然不觉间,让生命里原本就属于你的,回到你身边。

而命运,又是个很大的词,囊括了世间的总和。有段时日我觉得它苦极了,可当我真的被唤醒时,它又如此美妙。待你臣服于命运时,它让信念创造了真实。

臣服,不是消极地服从。它是一种允许,允许自己的多样性,包括那些不好的、脆弱的、失败的;也允许他人的多样性,连同那些与你完全不同的人。

尽管生活很多时候并不能让人如愿以偿,但它还是会给我们意想不到的惊喜,比如心想事成。

这些能量交汇的瞬间,我理解了人性,但也并未因此软弱。领悟到底色的悲凉,让人越发珍惜生命的鲜活。

如同命运的安排，不管是怎样的发生，都是礼物。

兴许在那些痛苦发生时，我们并不知道它是礼物。但是当觉醒发生时，往回看，它馈赠了太多。它们或以爱的形式，或以伤害的形式，不同程度地出现在你生命的课题里，直到你学会并掌握它。

那时你会发现，知其所以然的快乐，比不明所以的快乐，更有力量。即便是悲伤，也更有深度。它让你跳脱出此刻的得与失，抽离出人性里的善与恶，保有天真的能力，但也不会在感性或理性的临界点茫然，能时时检验自我的狭隘，并允许人性中存在各种弱点，不为此自我消耗，不为此盲目坠落。这种清晰的自我认知让人生的路越发宽阔。

无常便是常

下午出门，雨下得很大。我打了伞，但还是被淋湿了。

在路上，很多人快速地跑了起来，试图躲过这场突如其来的雨。

我举着弱不禁风的伞，沉默地走着。任由雨水全部落下。

脸、头发、鞋子、包，全湿了。

我和那些努力奔跑的人一样，都会被雨淋湿。

我看了看那些未被雨淋湿的人，他们没有奔跑，也没有打伞，而是就近找到了遮挡物，避雨。

那时我脑海里浮现一句话——做大雨中努力奔跑的人。

这些年，每每大雨骤降时，我都是这样不假思索地惯性奔跑，但是这一次没有。我开始明白人生的某些时刻，奔跑是徒劳的，撑伞是多此一举的，就近避雨才是有效途径。它像人生的一句暗喻。

回头看，发生了好多事，又什么都没发生。

想想这人间事，想想这无常，想想这魑魅魍魉，真真假假，像个笑话。

被雨淋湿的感觉，卷着风，变成了凉风。

凉风与凉风擦肩而过，加深了孤独。

那些好看的橱窗和漂亮的霓裳，裹挟着孤独，演绎了早秋的文艺。

随机的命运里，谁都躲不过无常的造次。今天、明天，或你、或我、或他。

幸福吗?

幸福。

快乐吗?

快乐。

但又总少了点什么。

人群中的欢笑,单薄得一个转身就能呼啸而过。

谁曾记得谁?人类的悲欢从来都不相通。

生、离、死、别。

此后的人生,一件件地面对,一件件地练习。

没有更好的办法,无常便是常。

诚诚恳恳地生活就很好

四月的花开了一茬又一茬,阳光明媚地映着桃红柳绿。我扎起马尾,站在树荫下,像极了十八岁的盛夏,带一点轻盈薄透,恰到好处。

一切终于恢复如常。路上行人渐渐多了起来,开始了日复一日的劳作,为那一日三餐。

文稿看了一半,我没了心思。对着窗外发呆,怔怔了一上午，想起一些事。仿佛昨天还历历在目，今日就遥远得像发生在上个世纪。日子，像被一点薄雾笼罩，轻描淡写地略过每个人，或悲或喜。

像许久不见的少年，再见面时，都长成了大人模样，衣衫革履，工工整整。话里的寒暄带着一点市侩与身不由己。曾经的爱与梦想，早已闭口不提。

我诧异于少年的变化，却也深知自己近墨者黑，不过是五十步笑百步。这些年一身如寄，谁又何曾完完整整地保存了自己。那些孤军奋勇的时刻，谁又不曾迷茫过。

十五岁离开家乡，我带着父母的期望，竭尽所能地想要给他们一份满意的答卷，于是有了这一生的上下求索。求索并不总是坦途，它伴随着荆棘和言不由衷。

有那么一些黯淡的时刻，我想要回到那片故土，睡在阿婆的竹床上，听她哼唱江南小调；又或是在惺忪的午后，和阿爷在树下纳凉。然而，每每回去，每每不适。我与故乡明明一脉相承，却又处处格格不入。我之于故乡，显得过于新鲜，它也失去接纳我的能力。

就这样不停迁徙，走走停停，像无脚的鸟，无处可栖。

也有那么一些时刻，带着对人间的迷醉，我站在人生的十字路口，左右彷徨，试图等一种唤醒内心自我的救赎力量。直至红灯亮起，方才意识到我执加身的深渊，早已将最初的自己摔得支离破碎。

在那些破碎里，我试图完整，用不成熟的世界观自我拼凑。

有时对一切充满理想主义。爱、梦想和其他，每一样都想拥有，天真而热切。

有时又对生活不抱希望。吃饭、睡觉、工作，厌世而悲凉。

那些早年由亲人朋友给予的安全感，终是在十五年的漂泊里消耗殆尽了。心底的柔软被世俗裹挟着失了分寸。疏离，冷淡，封闭。

或是出于自我保护，故步自封在曾经美好的小世界里，任谁都无法唤醒。用那单薄的信念对抗世界，企图从它那里获得后天缺失的安全感，以此弥补心底的亏空。但是，世界从来都当仁不让，一进一出从来不曾手下留情。

就这样混乱不安地成长着，以自以为对的方式，持续了十五年。终是在三十岁这年迎来了变革性洗礼，我与世上的另一个我握手言和。言和并不总意味着妥协，还意味着部分自我的分离。分离出欲望、执念和痴心妄想。

我不再幻想有人会来救赎自己，也不再幻想生活中突然会有皇冠加冕。我决定，诚诚恳恳地生活，不觊觎能力之外的兴旺。如果只是播种了一粒种子，就接受一粒种子的果实。

这微不足道的念想，像成片的绿，蔓延在心里，伸出窗外，成就了春天。牛奶配面包的早晨，带一点黄油的软糯，是心安的味道。

求职者的到来打破这沉浸式的回忆，来来往往的身影里，好像有曾经的自己。我看着他们走进走出，像是在放一场老电影。也许今日被别人否定的他们，明日就成了别处的重要角色。人生的翻天覆地，怎一场面试可以定格。

外面的世界

天亮了，那一宿的心思在黎明破晓时灰飞烟灭。起床，洗漱，去医院，开始平凡的一天。当智齿从口腔里被拔出时，整个人都觉得畅快。似乎拔出的不是智齿，而是这几年一个人的酸甜苦辣。这大抵便是彻底的告别，连大脑里的记忆也一起清除。

屋子里有很多物品，我不知该如何处置，便用箱子打包后放置在地下通道，试图借他人之手安葬一段过往，或许有人需要它们，或许有人能终结它们。不管怎样，舍了就好。

站在天桥上往下看，车水马龙，人显得渺小。脑海里闪现过早高峰上班的拥挤人群和披星戴月回家的匆匆归人，顿觉生活不易。

我坐在台阶上，周围全是陌生人，发宣传单的少年、摆摊吆喝的小贩和沿街卖艺的吉他手。一眼望去，全是人生。

朋友圈里的爱情和朋友诉说的爱情，看上去、听起来都觉得妙不可言。轮到自己，溃不成军。生活凶猛起来容不得过分思虑，我只能踽踽独行。

打电话给家人，翻来覆去不过几句话，却舍不得挂。我试着用长短不一的音调掩饰内心陡峭而单薄的难过，却还是被家人听出了端倪。默默挂断电话后，我咽下几口哽在喉头的饭菜，告诉自己：有一天，这一切都会过去的。而其实一切早已真的过去。

我偶尔会想起荒芜的村庄、破旧的医院和步履蹒跚的老人，内心深处涌起一股荒凉，那是对生命的垂怜。越长大越害怕衰老，想拼命留住这年华里的稍纵即逝，害怕父母衰老的速度超过自己成长的速度。

人有时会因自己的无能为力对身边的人有一种亏欠感，对父母尤甚。

久在外漂泊的人是没有故乡的，我记忆里知了鸣叫的夏天和小手捏过的泥娃娃都已不复存在。我时常怀念树荫葱郁的夏日午后，人们在乘凉，我搬一只小板凳坐在树下听爷爷讲他的风光事迹，偶尔还兜来小布头和绣花针向邻家阿婆学绣花。那时高楼还没建起，隔阂还不太深，人与人之间的感情热络得多。隔壁家的小哥哥还没长大，我们还不曾情窦初开，时常厮混在一起聊书本上的童话故事，我们各抒己见，争得面红耳赤，最后用一根辣条和好如初。

再后来，周围的小伙伴渐渐长大，他们有了自己的生活圈，我一个人背井离乡去外地读书。每回家一次，便生疏一次。记忆中一直身体健壮的邻家阿婆突然病逝了；喜欢在树下乘凉的老人家耳聋了；侃侃而谈的爷爷变得沉默了；就连附近的鱼塘都干涸了。我记忆里的那片乐园再也不见了。

偶尔回家路过那片树林,也听不见笑声。若是夏日,会有那么一两个老人坐在那儿,都不说话,只是呆呆地望着远方,见人过去会忙着打招呼,却不记得对方的名字。你告诉他你是小时候的那谁谁,他咿咿呀呀地点点头表示知道,等你再路过时他还是不记得你。那一刹那你会理解衰老。

小时候,妈妈耳提面命的一件事便是学习,她对我寄予厚望,然而我并未按部就班地完成她为我规划好的人生。因无知者无畏,所以近乎叛逆地逃离故乡,逃离她给予的所有庇护,只身去往远方,是偶然,也是必然。

起初,我很喜欢外面色彩斑斓的世界,它给了我很多可能性,又因被人无微不至地照顾,所以并不觉得我是在漂泊。可是突然有一天,当命运让你措手不及时,你会意识到自己并非无所不能。你不再留恋外面光怪陆离的世界,你渴望逃回去。然而那时,你的故乡已经接纳不了你,你的父母也庇护不了你。你会慢慢懂得:一切都是自己的选择,错了对了都要自己承担。

现实教你后果自负。

每天都有事情张牙舞爪地向我们袭来,也有爱情、梦想迷醉我们。白日里,我们调侃、自嘲,把不是自己的自己丢进人群；独处时，我们沉默、内省，和自己握手言和。

人长大后会对自己越来越诚实。和谁相处比较舒服，做什么事比较得心应手，我们内心都一清二楚。我们学会了巧妙避开可能使自己受伤的人和事。我们学会了对自己宽容，也对别人宽容。别人口中伟大的爱情和命运，他人说一说，我们随便听一听。

成长是一个复杂的动词，从懵懂到成熟，有时只是一念之差。

我们永远想不到自己会以怎样的速度成长为自己意想不到的模样。

可能昨天还是一个童心未泯的孩子，次日就成了举棋不悔的大人。

随无常而来的

2022的开头和往常很不一样,这一年,人类的悲欢在某种程度上具有了共通性,即便表达的方式不尽相同。

我有时为人类的良善而感动,有时也为人性的贪婪而悲恸,但这一切都只是个人的小我在体内穿梭。我什么也做不了,渺小如沧海一粟,无能为力到来不及自救。

人到底是脆弱的,在不可抗的自然灾害面前,在无法回溯的生老病死面前,常常无能为力。

成长是个悲伤的动词,它用疾病和死亡不动声色地诠释了生命的本质。很多人就这样慢慢离散在生活里,直至有一天我们身后再无他人。说到底,人生是一场殊途同归,不过都是向死而生的虚无繁荣,有人活出了繁荣,有人参透了虚无。

人类对死亡的畏惧或许是天生就有的,孩子也不例外。儿时,一旦听闻邻里有人死去,我便躲在房间里不肯出去。那些平日看起来无坚不摧的大人身上披着长长的白布,号哭着,看上去脆弱而无助。原来大人也并不总是坚强。

那时我尚且年幼,不懂何为死亡,只是隐约觉察到它会令人悲伤、恐惧、不舍。年纪再大一些时，我对死亡有了具象的理解，死亡意味着一个人的肉身和意识形态在这个世界彻底消亡。起初你觉得它离你很远，但其实它很无常，甚至是次第发生的。

高中那年，我去外地求学，每次回乡都有人离世，先是上了年纪的阿婆和阿爷，后是突然得病的阿叔、阿婶。整个村落凋敝得如冬日的枝丫，枯槁、萧瑟而清冷。记忆中阿婆绣花、阿爷舞狮、阿叔和阿婶打闹嬉戏的场景突然就不见了。曾经的绿树成荫、阳光灿烂，好像也一下子被他们带走了，荡然无存。

起初，人们会对他们的离去感到悲伤，但很快又有了新的狂欢。如陶渊明笔下的"亲戚或余悲，他人亦已歌"。好像死亡不发生在自己身上，便不那么刻骨铭心，甚至很容易被遗忘。

伤春悲秋是那个年纪的特征。自那之后的很长一段时间，我陷入了一种孤寂的虚无，说不上多浓烈，但也不如同龄人热闹。

那是我第一次真正意义上思考死亡。在驶往校园的公车上，在沙沙作响的自习室，在一个人夜不能寐时。我记得那年冬天，窗外的一切看上去似乎都没有生机。

但周围的人满眼快乐,大人看不出孩子的悲伤,同龄人更看不出。

一个尚未成年的孩子对死亡的思考狭隘且浅薄。更多时候是恐惧,甚至忌讳。那时的恐惧仅仅是一种求生欲,繁花尚未尽收眼底,舍不得离去,舍不得被人们遗忘,舍不得留下的人悲凉。也常常问自己,假如生命戛然而止,又会怎样?比起群体的悲欢,个人的悲欢不足挂齿。最怕的是此生未完成,子欲养而亲不待。

再长大一些后,我对生死的认知相对客观很多,但依然觉得要好好活着。往大了说,它是一个民族的存亡。往小了说,它是一个家庭的悲喜,随无常而来的,没有人可以对其求全责备。

职场女性的困境

一个略带萧瑟的冬天,我面试了好多女孩。不同年龄段的女孩,最大的出生于1980年,最小的生于1998年。有的刚大学毕业,有的已经工作十余年。

她们来自五湖四海,有不同的人生背景,却无一例外地想在上海这座城市留下来。

她们大部分都是单身，少部分进入了婚姻。有的人眼里还有光，有的人眼里已然黯淡。生活不易的痕迹，从她们的言语间划过。

面试时，窗外总是落着雨。萧瑟的天气衬着都市的繁华，竟显得有些颓败。可能是天气的作用，让当时的我生出了一些伤感的情绪。

毕业十余年的她们，也曾是这座城的主力军，担任过公司的中高层，现在却成了面试中的劣势人选，要和刚毕业的大学生竞争同一个岗位。这样的光景让人唏嘘，想到十年后的自己兴许会面临同样的困境。

我借她们的人生光景，提醒以后的自己：凡事要未雨绸缪，不要被动地等待被选择。

虽然说年龄不再是女性的困扰，但事实上，一个女性上了年纪，在职场上，真的不具备竞争优势。比如刚结完婚去面试，公司会担心你怀孕；如果你有十多年的工作经验再去面试普通岗位，公司更可能会选择刚毕业的大学生。

职场对女性的不友好，体现在面试的种种细节里。这看似公平的双向选择里隐藏着对女性的不公平。尽管公司觉得自己很公平，但在利益面前，谁会在乎个体的消亡呢。

这又让我想起刚进公司没多久的副主编，她因为意外怀孕被公司劝退；还有即将转正时被辞退的女大学生。她们做错了什么吗？没有。当公司不再需要你或者你的价值不在时，淘汰就会发生。

这是女性的困境，年龄与婚孕成了女性职场的两道坎，社会层面倡导的男女平等在执行上并不容易实现。而时间累积出的阅历与经验，在某些时刻抵不过年轻。

一个女性该如何度过这一生，如何规避人生里那些可能被动而艰难的时刻？值得每位女性深思。

她和她的理想国

删除了好友列表里的一些人。不是他们不好，只是觉得有些人应该从我的生命里消失。像船沉入大海，没有踪迹。这看起来有些冷漠，却是遵循我内心的选择。

或许多年后，站在入海口处，风拂过脸颊，我想起今日的所为，会为此感到遗憾，但没有关系。人生怎样都会有遗憾，顺应当下就好。

这是一种内心的自我整理，把不喜欢的部分统统拿走。不好的记忆、不好的感受、不好的人性和不好的自己。

在这不断告别的过程中，我决绝得近乎没有感情。我诧异于这种冷淡，却也为此感到开心。有能力告别过往，哪怕充满悲怆，也是一种成长。

二十五岁是个分水岭，它用一张网困青春于大雨里。所有人都告诉我要美好、善良、充满阳光。可是没有人意识到人在二十五岁时，也需要陪伴、理解和温暖。

单枪匹马的成长，伴随着漂泊，温暖成了这寒冷世间的唯一救赎。磕磕绊绊中，我感恩这一路的成长曾得到庇护，但并不感恩伤害，尤其是伤害之后的道歉。

道歉是一种毫无作用的自圆其说，试图求得他人原谅。但我从不相信人类表面的言语，如同不相信人类表面的友善。我对一切表面的感情没有耐心，尽管我会保持礼貌。

人类的孤独，催生了许多友谊，让人误以为彼此是彼此的彼此。可在真正需要陪伴、理解的时刻，多数人会莫名消失。熙熙攘攘、你来我往之间，给你温暖的人，也可能给你炎凉。

我想起那些炎凉，或是出于言语的轻视，或是出于心底的失望，悲悲戚戚地在心底藏了那么久。躲在自我包装的温暖下，竟渐渐模糊了自己最真实的感受。

这冰山一角下的每个人，都被他人有限的生活经验所解读，或对或错。人们争相学习自我保护，迫不及待地学以致用，或张灯结彩，或成群结队。

那人性完全袒露的模样，到底还是让我无法全然接受。它的现实，会在某一个瞬间使人放弃与之产生交集的念头。

当一个原本安全感十足的人突然有了防范意识，就意味着她吃了生活的亏。她在试图用自己擅长的方式，保护她的理想国。

男闺密

几乎每个女生的成长过程中，都会有一个男闺密。他们的存在像恋人未满，见证了女孩们青春里的大部分喜悦与悲伤。

我的青春里就有过这样一个人。

他扮演怎样的角色呢?

他像极了电影里的男二号。他带我逛超市,买我爱吃的零食,也会带我去网吧通宵,陪我看肥皂剧。他无处不在,默默地陪伴在我每一个需要陪伴的日子里。

这样一份关系,我以为我们会出席彼此人生的重要时刻。

但其实,我们已经很多年没见过面了,他的婚礼甚至没有邀请我参加。不知道是在哪次联系之后,我们默契地退出了彼此的世界。明明曾经很要好的。

好像是2015年的夏天,我刚来上海的那一年。

那一年发生了什么呢?

似乎什么也没发生。

只是我从一座城市迁移到了另一座城市。

在我的记忆中,那年的蝉鸣也如今年一般,天空、阳光也都一样。但年轻的我,总感觉会在这里找到很不一样的自己。

因这样一份错觉,我对待旧有的关系便有了几分漫不经心。不知道是自己大意了,还是疏忽了。我的男闺密就是从这时开始,渐渐淡出了我的生活。

那时我以为这只是短暂的疏远,很快我们就会回到从前。但流逝的时间告诉我，有些关系一旦疏远，就很难再回到从前。

他像我的初恋一样，离开了我的生活。

那段日子我过得太热闹了，对于他的离开，并无多少觉察。

那时终归是太年轻，对情谊的理解到底是肤浅。我以为他们会像我在乎他们一样在乎这段友谊，但我却忽略了，友谊在每个人心里的排序是不一样的。

从高中到大学，从大学到工作，十年的情谊，原来也是说散就散的。或许是因为生活轨迹不同，又或许是因为他的新欢不允许他有这样一位联系密切的女性朋友。

人一旦回归现实，偶像剧里的青春便会黯然失色。自那以后，我再也没有男闺密了。

写下这些文字的时刻，回忆扫过和他有关的一些校园时光。记忆中，他像个情感军师，每次出现都伴随着我初恋的悲欢。我以为他没有烦恼，永远快乐。只是后来从别的朋友那儿听说，他经历了许多悲欢。

不知道他现在过得怎样。

明明一个电话就可以重新建立联系，但是我们都没有主动联系过对方。

青春里的情谊说真也真,说荒谬也荒谬。明明什么误会都没有,但不约而同地淡出了彼此的世界。这份默契遵循着成年人世界里的礼貌与得体。一段关系的建立与消亡,就这样心照不宣。

> 人与人之间特别容易走散,
> 随便一个理由都可以。

故乡

每年盛夏，我总会想起他们，那些在我生命中出现又消失的人。小学的班主任、初中的玩伴、高中的闺密、大学的室友、北京的同事以及乡村的邻里。

我们已经很久没有联系了，但是打一通电话问候的欲望并不强烈。不知道是自己变了还是情谊变了，可能有些东西真的回不去了。

人在回忆些什么的时候，时间会流逝得更快，就像王家卫的电影，带着低沉的旁白。

我们曾许诺的许多事，因为生活天南地北，都成了泡沫。

小时候，我总以为感情一旦生成，便会长长久久。长大后才明白，这世间的感情多是一程又一程。

分离是人生的常态，侵入生活的方方面面。从生到死，从圆满到破碎。

我还记得小时候，家里老房子的白墙上有一幅《花好月圆》，挂在床头。那时我以为这《花好月圆》是每户人家都有的，并不晓得它是人间难得的圆满。

我记忆里的清晨总是洒满阳光，妈妈在厨房做饭，爸爸在户外劳作，我躺在床上想象长大后的样子。

那时村里还没筑起高楼，邻里之间能门对门地走动。大家也没有太明显的贫富差距，尚且拥有共同致富的美梦。

日子像被蒙着一层纱，世外桃源般安逸。那时我还没见过大世界，还没去过北上广，还不懂得父母会变老，还不知道大人也并非无所不能。

这小小的村落和记忆里的人，给了我关于世界的美好憧憬。我以为在他们之外，还有很多像他们一样的人。

后来，我去了远方，他们也去了远方，只有逢年过节回家时才会碰上一面。但记忆里的邻里也不再是曾经的模样。年纪大一些的成为阿公、阿婆，如我一般大的伙伴都有了家室。大家一起端着碗饭絮叨家常的光景再也没有了。

人就是这样一点点变的，光景也是。

小城发展得越来越好，村落越发荒芜，熟悉的面孔越来越少。成长的画面在时间的流逝中一帧一帧地跳过，我的爷爷、奶奶在家乡为数不多的老人中显得越发孤寂。他们在那样的村落度过了一生，并试图用他们的人生智慧开导我，建议我回到故里，嫁个就近的人。

他们说儿女走得远了，就不中用了。留在身边，哪怕包一顿饺子,都可以端过去分享。他们说得很在理,但还是没能留下我。我像一只没有脚的鸟,飞出故乡,冬去春来。

也许在他们送我去远方的那一刻,就注定了我不能陪伴在侧。只是那时我还年幼,一切都还太遥远。他们以为我飞出去,还会飞回来。他们认为一日三餐,日子平安,是一个女孩最好的归宿。

哪个离开故乡的人不想着回家呢?只是飞着飞着就飞不回去了。故乡的旧,早已容纳不了游子的新。

第二辑

长大成人的枯荣

一个孩子的乌托邦

我还是孩童时,因为找不到同伴,常常一个人在房间里写字、看花、做手工。那时日子很宁静,阳光很明媚,一睁眼就能看到大片大片的阳光,那光照在一个孩子不谙世事的乌托邦里。

那与世无争的小乡村,因这岁月的光,像是被镀了金,活在了我的回忆里。它们给予我自由与富足,悲悯与柔软,底气与爱,成了我远行的护身符。在人生的每一个低谷,给予我光与暖。

但人总是会变的,当这些光与暖被用尽时,会有那么一点偏离。每偏离一次就离最初的自己更远一些,偏离久了自我便迷失了。不过,人迷失的时候,并不知道自己在迷失,甚至会以为那是当下最正确的选择。

幸运的是，阅读和写作让我不孤独，它们构成了我爱与梦想的雏形，是我偏行时的救赎与庇护。人长大以后，是羞于谈论爱与梦想的，甚至已经没有了爱与梦想，但在这些年的生活里，我保留了它们，我因它们而被庇护。

在一间空落落的房子里，写作和阅读成了我的精神慰藉，朴素的实用美学自成体系。每日只是简单的阅读、写作、侍弄花草就很开心。日子删繁就简，生活里的旁白都被省略，生命之书以它的形式形成。

这段当时感觉稀疏平常的生活，竟铺成了我此后人生的底色。那些或大或小的人生选择，多少都有它的印迹。走了很多年，我鲜少回头看，总以为人生差不多就这样了。悉心埋下曾经渴望绽放的理想，甘于平凡，隐于世，便是对自己的诚恳。

但我还是会被一些美好的片段触动。那是内心深处隐秘的渴望，悄悄地扎根于心，以我所不知道的形式存在着。傍晚的风月，拂晓的光，视野里所装下的每一处风景，都有它的影子。

人生应该有一处那样的光景，铺满月白色的书页和水绿色的梦，给人以解药，为人疗愈。它的存在成了光，照亮我人生中的大部分黑暗。

一岁一枯荣

夜晚难得的凉爽。树叶被风吹得沙沙作响。

在日子没有期限之前,只有生老病死是休止符。而短暂的失效和有效让人类骤然对时间格外珍惜起来。

曾经觉得美好的事物,而今想起也不过尔尔。人在这一刻相遇,又在下一刻走向别离。朋友如此,恋人也如此,不过是时间长短的差异。万物有荣,也终有枯。

我诧异于自己的变化,这种对万物不抱以期待的性格色彩逐渐形成。每当幸福降临时,都会不自觉地提醒自己:一切都会消逝。

人若习惯失去,便不会在失去到来时惊慌失措。

这看似悲观的情绪认知,成了一种积极的自我保护。

人是在什么时候学会自我保护的呢?

是在生活的体悟里感受过确切的枯荣时。

什么是枯荣呢?

是一件事、一个人带给你的感受上的快乐或悲伤,久而久之形成的印记。比如,一段感情里确切的渴望与意兴阑珊。

长大成人的过程,遍布了枯荣。

有些枯荣，会长出新芽。

有些枯荣，构成了年年岁岁。

一次失败的考试，一段戛然而止的感情，一场令人措手不及的变故……

我数着这些枯荣，写下这篇文字。这些或大或小的枯荣，构成了人这一生，朝朝暮暮，年年岁岁。

人一生的风很多种，缓疾有时。

觉察到什么，便成就什么。

一段自我的恢复

我安心走出房门的时候,已是六月。小区里的蔷薇败落,栀子花正开,从春天来到夏天。这两个月,于我而言,见证了一段自我的恢复,实属意外之喜。

这段自我跋山涉水,去外面的世界游荡了很久,伴随着迷失、我执、痛苦幽居在身体里,十几年,长出不会难过的悲伤,强撑着向阳。像很多年轻人一样,意气风发地走出象牙塔,试图成为耀眼的启明星。不甘平凡,不甘失去,不甘在婆娑世界里重复度日。这种普世性的迷失,裹着喧嚣日程,激烈前行。

一个人,想要持续且正确地成长,需要智慧。皇冠加冕的荣耀、梁祝化蝶的深情、锦绣共生的繁华,都会乱花渐欲迷人眼。而一段自我的恢复,需要天时、地利、人和。毕竟,人迷失的时候,并不知道自己在迷失。只有翻山越岭时,才能觉察到曾经沧海难为水。

为什么明明自己已经很好了,却还是想试图成为别人?

因为胜负欲,不能接受失败后的沮丧。

因为不自信,不能接受有人不喜欢自己的事实。

于是，在不属于自己的剧本里，戴上人格面具，粉饰并不属于自己的角色。

这是曾经迷失的我，也是很多迷失的年轻人的现状。

日日静好，日日穿梭冰山；日日坚强，日日辗转反侧。

人一旦失去自我，对所有事情，都会变得小心翼翼。生怕一个不小心得罪了谁，生怕一个不小心又失去了谁。而这世间，除了至亲至爱，谁又何曾在乎失去你。不过是意淫了自己的重要性，在幻想里变得虚妄。

回头看，这段自我的出离与回归，像本自具足的轮回，充满动荡不安。而一旦恢复，这种自我则不同于以往的任何时刻。它给人由内而外的切实的安稳和松弛有度，使人学会了如如不动，静定生慧。

一个人对另一个人的好

站在空无一人的天台上，往下看，车水马龙，让人觉得不真实。

风吹来一丝炎热，知了叫了。树影影绰绰地斑驳着，像一场悲欢，挂着零星的风月。

人在高处时，会不自觉地往低处或远处看，有风拂面时，还会回忆点什么。我想起感情里，一个人对另一个人的好。

年幼时听闻心生艳羡，长大后再经历，时刻提醒着自己不可忘形。这好，可以递增，也可以递减；可以给你，也可以给别人。

人一旦成了被动接受的一方，就容易失去分寸。这悲观的乐观，不知什么时候起在心里根深蒂固，左右着自我的觉察。觉察让人保持清醒，不过分沉沦。不沉沦于他人的好，也不沉沦于自以为的好。

一个生性浪漫的人，不再贪恋世间的好时，大抵是经历了什么。因为明白，伸手去要来的，不如自给自足的好。只有自己给予的才完完全全地属于自己，其他任何人的好，都是私有且充满不确定性的。

要何其幸运才能拥有一个人对另一个人的完整的好？

这是个伪命题。

人对自己的好都尚且不完整，何况他人？

如果爱情里的男女能想明白这一点，想必会少了许多不必要的纷争。

但世人多贪嗔痴，恋爱中的男女尤甚。环顾四周，这世间感情的破碎多是贪图这点好。而什么是好呢，各人定义不一。世俗的好容易达成，深层次的好则需要运气。

且这世间缘分又不是只一个好字就能促成。对感情里的行为起伏而言，人性可能是抛物线，可能是波浪线，也有可能是下划线，最后落脚点在哪里，受限因素太多。

所以，一个人能拥有另一个人的好，要学会珍惜，即便不是自己喜欢的好，也要学会尊重。因为没有一种好是理所当然的，每一种付出都值得被肯定。要肯定，但不贪恋。人只有不贪恋，才能活出丰富的自我。

把心安放的那一刻

那是一种突如其来的醒悟，在黑夜结束之后。

如四目相对时，寒暄细聊的诠释。

真真实实地发生，真真实实地把心安放。

花瓣，大片大片地落下。

韶华，细细碎碎地飞逝。

笑靥，眉眼，泪目。

统统在心安放的那一刻归还给了少女。

属于少女的忧伤统统都给她。

新的人生，该有新的模样。

衣橱里多了些色彩鲜亮的衣物，我穿戴它们走出房门，将外面的世界带回家。

如数家珍般珍藏着他人给予的每一点启示，试图诚诚恳恳地过好这一生。

想象花蕊落满地的后院，流水潺潺，手足相抵，这该是多么圆满而知足。

为了这份圆满，我将自己推入人群。

明知道有些勉强，还是逼迫自己走出舒适区。

尽管了解人性的那一刻，伴随着失望，但也因此有了重新认识自我的契机。

人，并不总是了解自己，或时常自以为了解。

而真正的自我，只有被很强的力量反弹回来时才清楚它是什么。

它是一个人的思维、认知、行为、情绪的总和。

就像你走出房门时，那些对你感兴趣的人，也仅仅只是对你的某些特质充满好奇。这些特质给了他人美好的感受，但美好的感受不等同于真实的你。那是别人眼中的你。

别人眼中的你，被赋予了不同的标签，那些标签依附于你，久而久之便成了你的一部分，成了你眼中的你。

然而，他们都不是真实的你。

真实的你，并不总会轻易暴露。

它意味着你对他人的完全信任和对自己的绝对诚实。

诚实意味着敢于抽离自己，像局外人一样自我审视。

除了审视，还要尽可能地珍惜每件彻底击溃你或伤害你的事情，并去反思。

那是自我重新成长的最好契机。生活给予你的启示，便源自其中。

突破并不容易做到，尤其是改变。对改变，我也曾有过很多误解，以为它意味着被同化、妥协、原则化。而其实，改变不是单纯意义上的为他人和环境而改变，而是为了拥有更好的人生而自我更新。

草长莺飞的流年

天色暗了又暗。要等的人始终没来。

到底是高估了这情谊,其实说断就断。

想说的话很多,像草长莺飞的流年,一茬一茬地蔓延,带一点伤感,带一点亏欠,在欲言又止的对视里,沉默着,什么也没说。

终究是不动声色地走向了别离。

心一点点下沉,不抱任何期待。你走你的,我走我的。

没有什么不会过去,如同没有什么不可以失去。

欲盖弥彰的逞强,在转身时呼之欲出。

脆弱,落在脸上。风把沙吹进了眼,潮湿。

断,舍,离。重新开始。

所有故事都这样周而复始。

好的,坏的,喜欢的,厌恶的。

一晃十几年过去。身体长出会疼的记忆,连名带姓。那座村落,那双眉眼,那片笑声,逐渐模糊不清,抓也抓不住。信誓旦旦地说好永远不分离,转瞬成云烟。

年轻时的不切实际,像飘浮的云,野蛮生长,活得不明就里。自以为通透明亮,实际要为自己的愚痴负累。

自食其果的任性给身心带来意想不到的伤害。昼夜颠倒的自我崩坏，来来往往，在尘埃里开出花朵。明媚，妖冶，不堪一击。

无数次在黑夜里，向黎明伸出友善的手，祈求它早点到来，带走所有隐秘，试图每一面都向阳而生。

就像路过的人，闻到了芬芳，但无人问津她来自哪里、去向何方。她和她不为人知的过去，连同未完成的悲伤，在废墟坍塌时湮灭，像无疾而终的爱情。

走在路上的人

手链的红绳接口处断了，我将它捡起，放进了抽屉。其实是可以接上重新戴的，但我没有。断了的东西该有断了的命运，它该接受它的结局。这是某种暗示，我懂。

房间里环绕着治愈的音乐，冷气从窗户里钻进来，一阵微凉。我翻了翻手机通讯录，与人联系的欲望非常淡薄。

我好像已经很久没有想认识新朋友的欲望了，也疏于联系旧的朋友。这种冷淡在人际关系里显得十分透彻。

可能是长年累月习惯了独处，我不再需要通过刻意维护才能获得长久的关系。

与人交往有些麻烦。很多关系并不总如表面那般通透，一旦身处其中，便容易有纠缠、隔阂。无时无刻地共情并不容易做到，粗枝大叶的人更是如此。小心翼翼使人乏累。

夜色暗起来，摇碎了星辰，落在月亮边。人与人很容易走散，随便一个理由都可以。回想那来时的路，热热闹闹地站满了人。而此刻，谁又陪在谁身边。

一张张微笑的面孔，看起来都情深义重。一饮而尽的干脆，像无坚不摧的盔甲，让深陷其中的人误以为真。而最后呢，不过是别离一场。

像毕业那年盛大的狂欢，分别时觥筹交错，说以后常来常往，但这一别却是很久。很多人，自此以后，再没相见过。

曲终人散。谁说当年举杯同饮时不是认真的，哪一个愿望不是发自肺腑。那哭泣和哽咽，那离别车站的最后拥抱，哪一个不是真真切切的。可那又怎样？生活打败了一切，包括友情和酣畅淋漓的青春。它给每个人设置了关卡，让人不断地毕业。每毕业一次就告别一些人，直至一个人上路。

一个人上路，总是充满孤独。人类至深的孤独，在梦里升起，蔓延到醒来后的世界，无法言喻。天南地北的，浮浮沉沉的，漂在一段又一段的关系里。在得到时，在失去时，在爱与被爱时。

生活里铺天盖地的悲怆，生离死别无时无刻不在发生。谁理解了谁，谁又共情了谁。难过是你的，孤独是你的，无人能感同身受。无论如何取暖，都不能获得真正意义上的慰藉。哪怕是伴侣，精神世界得以共鸣的也并不多。

虽互相陪伴，却常常要独自撑伞。感情，很多时候也不过是婚嫁、时间和妥协的产物。上升不到爱，体会不到那种只要你好我就心甘情愿的无私。哪怕是对他人的爱，很多时候也是在依赖，在留恋，在习惯，在占有，更多是从自我感受出发。除非彼此能填补各自的缺失，相互成就，互为宇宙。

早年被眷顾太多的人,对世事的理解总是晚熟与天真。

但某一瞬间,生活收走她们的所有庇护时,才明白全世界可以依靠的人只有自己。

一个人想醒的时候

下雨的时候，有一把伞就够了。

一个人想醒的时候，是不需要闹钟的。

当我决定走出舒适圈，与某一部分的自己告别时，来自心理层面的抗拒就变少了，就连潜意识都清醒许多。

不到八点，生物钟就醒了。

吃早餐，化妆，出门，打车。每一件事都井然有序。

不想撑伞，跑进雨里，耍起儿时的顽皮与淘气，莫名地开心。

楼下的月季，哦不，山茶花，开了满院。红艳艳的，陪衬着绿色，大红大绿似的喜悦。

我给自己放了假，从寂静的文字里解脱出来，像春雨一样欢快。

出租车司机等在路边，双闪开了又开。一日的序幕就这样拉开。

短短十几分钟的路程，堵了近一个小时。但我并不着急，来日方长。

摇下车窗，带着雨水的绿渗了进来。灰暗的天空，看起来却欣欣向荣。

城市静静地驻于雨中，人影朦胧。令人感到匪夷所思的轻松，可能因为大家都看不见彼此的表情。

回想起那些不属于自己的生活。我坐在人群中央，逃不得，躲不得，拥有不得。左右为难，拧巴得不像话。年轻时真是太容易为难自己了，随便一个执念都能把自己拿捏住。因为爱，因为梦，因为欲，因为种种。

长大的好处是学会了拿得起，也学会了放得下。

不知这场雨会下多久，可能今天下完明天还会继续。就像人类的悲欢，今天是喜明天是忧。明天和意外，真的不知哪个会先至。既然别无选择，那就好好活着。毕竟已经离去的人给生命让出了份额。

下班的路上，人们赶着回家，披星戴月的疲惫泛起光芒。对生命的敬畏又多了一重。不是贪生，也不是怕死。而是意识到生而为人的责任，对自己，对父母，对家庭。

这责任使人务实地活在了当下，明明白白地过起日子，不再迷恋伪精致，也不再憧憬披着欲衣的伪梦想。明明白白地活在规划里。

是的，一切都有了规划，包括工作，生活，感情。文艺青年时代的随性散漫终是告一段落。一味地追求自由，与完全随着本性生活，有着如出一辙的自私。除了获得一己之欢，什么也不能奉献。风险面前，虚假繁荣的体面不能给人带去任何安全感。

我开始学着养生，按时吃一日三餐。红豆、黑豆、黄豆、绿豆、芸豆，统统放进煲里。四物汤、五红汤，轮换着喝起。

我也开始把一些虚无缥缈的事情逐一落实到日常中，一件件地去实现。虽然多了一些束缚，但心安。

不再幻想任何人和事的支撑，想要每一次着力都不辜负自己。

不再想过差不多的人生，想要每一次开始都有漂亮的收尾。

不知不觉到了亲朋好友替我着急的年龄，但我觉得最好的年龄才刚刚开始。不过分世故也不过分无知，不急于得到也不惮于失去。对很多事的理解逐渐趋于内省。偶尔遇到超纲的难题，也会在自我完善中得到矫正。

也不为曾经天马行空的荒唐感到遗憾，是它们给了我那个年龄该有的澄澈与烂漫。虽然回头看时会有些鄙弃。但那些过往被刻进了我的青春。感恩过往的那些庇护，是它们给了我宽容、体谅和担待，让我有勇气面对一个又一个错误的自己。

虽然还是会走错路，即使日复一日在走的路，但是我不再害怕了。只要是路,往前走就是了。好好走下去,直至花满枝丫,结出不一样的果。

时间和经历的总和

醒来时才夜里一点,被梦魇缠住的沉重感如此清晰,却什么都想不起来。打开灯,试图用光驱散黑暗,却意外看见窗外的绿,一截一截地疯长起来。伴着风声,将破土而出的疼埋进了泥土。

它们是在重生,还是在老去?

没有回声。

孤独,大片大片的孤独,吞噬了黑夜,深不见底。

婴孩的啼哭,情侣的嬉戏,流浪者的沉默,统统在夜色里沉沦。

而窗外的绿,依然心无旁骛地编织着属于自己的地老天荒。

睡不着,即兴截它一段,写上几笔,便洗亮了心智。

该如何描述这种心智呢?

找不到妥帖的词汇来形容它。

仿若刹那的明心见性，没有任何期盼地到来。

给你当头棒喝，也让你醍醐灌顶。

一种觉醒在今夏忽而升起，像一束光照在心上。

试图将我性格里与生俱来的杂念一一剔除掉。

那些杂念并不总是能自我觉察，尤其是被冠以天真烂漫的名义时。

至少，在这种觉醒没有到来之前，我以为自己正确无比。

那种认知像一座城堡，坚不可摧，我在里面做骄傲的公主。我曾想这一切都是天经地义的。某种程度来说，它是我现实世界里尚未触礁过的理想主义。不容侵犯。

直至我走出城堡，脱下水晶鞋，赤脚走上一段又一段的荆棘旅途，方才明白，一切都能轻易被摧毁。

人的认知一旦被重塑，许多偏执自然也就消融，连同喜好都会改变。

它意味着某部分自我的死亡和重生，它充满辩证。

这是完整人性的部分丧失，也是自我成长的阶段性突破。

丧失让人感到空乏，使人对生活失去信任感；而成长，又在某种程度上战胜了沮丧、挫败和人性里的自我对抗，使人积极向上。

人的可塑性远远超出自己的想象。

细枝末节的颓败繁荣，本就不重要。

仔细回想自己的成长轨迹，有关人生的主题，比如爱、理想、责任、无常和死亡。命运已经分批次地以不同的形式冒犯我，启发我成长。

被冒犯的感觉并不好，好似身体里的某部分骄傲被剥夺。但清醒过后，又无比感恩这当下发生的所有。在恰当的时候使人产生及时且充满智慧的觉醒。似乎所有时间和经历的总和，都在等一个铺陈。它们像一份礼物，循循善诱地教我成为更好的人。

未完成的悲伤

天放晴了。小区里的绿葱葱茏茏地伸向天空，印在云朵里，带着薄荷的清新。

在那些丧失生活热情的日子里，我曾经喜欢的绿，像是生命的原始动力，给人以信念和重生的力量。直至现在，我每每看见它们，还是会想起那段春夏时光，摇下车窗，只为看一眼生命繁荣的样子。在生活中挣扎过的人，明白这一眼的意义。

我已经很久没有特别钟情的颜色了。年纪渐长，执念减少许多，连喜好都变得模棱两可。当下与我曾幻想过的生活，早已南辕北辙。那些以身试错，把生命里的我执一一破除了。

我回想起喜欢白色、粉色、紫色、蓝色、绿色的年岁。爱憎分明，像极了年轻时的爱情。

喜欢白，便把衣橱里的白挂满全身，也像后来上了岁月的蓝，十分较真。喜欢便喜欢得彻彻底底，拥有便拥有得完完全全。在自己的能力范围内干脆利落地行事，从不拖泥带水。

看一场电影，喜怒都随它。被喂食过太多童话故事的人，对感情有一种过分的憧憬。舍我城池护她周全的感情也只存在于故事中，现实世界的残缺，在虚拟世界中得以圆满。

比起人与人之间的感情，人与物之间要简单许多。随境遇而生的喜好，寄托着自我。每一种都是自我的投射，它不会反噬，不会毁人心智。

就像文字，当下落于笔端的文字，真真实实地属于我，也属于生活，或欢快或悲凉。相较于从前，它不再只是岁月静好的描摹，还是路过人间的写照。

这意味着我对生活有了更为广阔的视角，不再避重就轻，而是接纳了一切存在的合理性，比如失败、脆弱、误会和不被人喜欢。年轻时试图与之抗衡，想不惜一切地去完美终结。仿佛它们是糟糕的，不值一提，令人羞耻。但是此刻，我接纳它们并与它们和谐共存。人类未完成的悲伤，需要被正视。

新生的澄明

像一场穿越，人性的迷雾林林总总，都被探清。
不过人间三两事，随它去的也就随它去吧。
如烟花闪烁，无意间跃入了我的眼帘。
看它升，看它落，看它璀璨，看它烟消云散。
成长让人通透，也让人感觉悲凉。
无论白日里的谈笑风生多么入世，到头来本质上还是殊途同归。毕竟任何一场关系的总和无外乎是被善待。不被善待的终将以种种形式结束。友情，爱情，皆如此。

成年人的悲欢，很容易被视作矫情。

可还是会因为电影的某个桥段，掺着夜晚的风而眼眶泛红。

在夜深人静时，这种感性会突然而至。

整个上海，笼罩着一种雾蒙蒙的灰。

人心彷徨得四处流离。

光，以它温暖而澄澈的模样，落在身上。

投了一地斑驳，静默而迷离。

时间仿若带走了一切，但又留下了所有。

它所能治愈的和不能治愈的，统统以一种虚无的美而存在，沉浸在具体的生活里，带着尊重，带着真诚，带着勇气。五光十色里，披一身澄明与清澈，奔赴尘世。

踮起脚尖，颠簸着一路心花，看那三寸日光与烟火，

新生的澄明与慢慢而来的诚意，都被写进许愿簿。

守弱曰强

从本质上来说，这是一次彻底的告别，也是我给自

己的成人礼。

心里生出一种前所未有的力量，是坚定。

人生的本质是一场虚无，在这人来人往的虚无里，我认识了无常、守恒和变化。

有些事，我不会分享给任何人。那些被埋在心底的秘密，在阳光下是看不出风雪的，它们被鲜花和掌声包裹着，一层又一层。

在万籁俱寂的时刻，出现某些特别的顿悟，我好像理解了世间的一切。与此同时，心里生出茂盛的蒲苇。

这一年我做了很多决定，在一件件事情里，在一次次试探中，每当欲望和嗔心起，我都会慢下来审问自己：你想走多远？成为谁？

我学会了复盘、优化，直面人性。

直面人性并不容易，予以改正更不容易。但因为想要负起一些责任，我学会了面对。

在那些逃避的时刻，脆弱的时刻，虚荣的时刻和不愿承认自己能量有限的时刻，我把自己拉出来，直视，面对，对话。直至清净。

这一年的成长，是过去五年的总和。所有发生的事情最终都赋予了我灵性的成长。在精神维度的造诣上，我学会了守弱曰强。

另一个她的秘密

夜深了，雨依然在下。此起彼伏。

这寂静的时刻，使她终于有勇气停下来回忆一些事。

那些想要逃避的，不愿正视的，不想原谅的，藏在肚子里的快要烂掉的秘密。

是一个人关于另一个人的秘密，一个她关于另一个她的秘密。好多年了，扎根在心里，根深蒂固。

世上另一个她的秘密，被推搡在地上，被同化在人群里。是异类的，孤僻、格格不入。而她们，有着整齐的面孔、声音、修养。得体、礼貌、谦恭、友善。仿若混沌世界的白月光，有着好看的笑容和易于相处的柔软。

羡慕她们，想成为她们。她试图把世上的另一个她改造成她们。

得体、礼貌、谦恭、友善。

像小时候为了得到小红花那样,搬起小板凳,在教室里乖乖地坐上一整天。或者对着窗外发呆,听树上的鸟儿唱歌,想象自己是踩着水晶鞋的灰姑娘,遇上驾着南瓜马车的王子……

不动声色的乖巧下,藏着天马行空的想象,叛逆的种子在悄悄萌芽。

世上的另一个她就此诞生。

没有人知道她真实的喜好、模样和理想,也没有人知道她的存在。

她,和世上的另一个她相依为命,她们一起度过了很长一段美好的日子。

但和谐总是会被打破,有可能是外力,也有可能是自己。成长意味着我与自我的分离,它会在不同阶段分离出无数个我。比如,想要得体、礼貌、谦恭、友善的我。

表面来看是在自我完善,本质来看是长大以后的怯懦,害怕集体的讨伐。

人一旦被裹挟进一个群体,最好和群体保持一致,哪怕是表演得一致,否则很容易被归为异类。这是乌合之众的力量,它总是试图将人变得乖巧、听话。

她成了她的赝品。每日循规蹈矩,过起了群体生活,虽然并不擅长。

当然,也不总是乌合之众的作用。长大使人变得贪心,除了礼貌、得体、谦恭、友善之外,还想要玫瑰花、小王子、诗与远方。

总之,她想要的太多了。于是,她与世上的另一个她成为最熟悉的陌生人。

后来,世上的另一个她出走了,离开了她。她以为这样会快乐,但并不。她常常一个人郁郁寡欢,言辞寡淡,疏离冷淡。她也试图去找她,但找了很久都找不到。那个最初的自己,就像无法远行的帆船,像渐渐冷却的感情,像再也摘不到的星辰。

人会习惯性地高估自己。以为真品容易被复制,以为赝品甚至能超越,殊不知沦为赝品尚且容易,想要复原却是很难的。如果没有雕琢自己的能力,也许赝品从此会替代真品。这令人感到不可思议。

她就这样在冰天雪地里走了很久,没有人知道她去了哪里,也没有人知道她经历了什么。直至春暖花开时,一簇樱花落在她头上,与青山绿水一道美成一幅画。她沉在了一饭一蔬里,与自己和解。

你和他们不一样,你见过盛世繁华和醉生梦死,但你选择成为自己喜欢的样子。

或者说,生活使你暂时和他们一样,但是你明白,你终究要去另一个地方度化自己。

一段关系里的自我

头上生了白发,可她才二十五岁。

多年来生活的磨砺塑造了她爱逞强的性格。

要不要结束?她充满困惑。

不知从什么时候起,她变得不够果敢。

自遇见他,她逐渐失去自我。

她原本言语不多,充满灵气。若非与熟络之人交流,她就习惯沉默,好似带有如薄雾笼罩般的哀伤。但为了讨他欢心,她试图变得明快。

她也说不清自己为什么要在这样的关系里逗留,可能在偿还一种亏欠。只是无论如何,始终不能令他满意,他时常责怪她做得不好。

她变得越发不自信,对自己产生怀疑,但又没有离开的勇气。像大部分没有安全感的女孩,自以为是的付出,幻想可以感动他。可她错了,换来的是更加过分的挑剔。在一段关系里,有人之所以会挑剔,多是因为潜意识里的看不上。不对等的感情里,被偏爱的有恃无恐。

长久以来的争吵,使她情绪激动,诱发了哮喘。他带她去医院。排队、拿药,花光身上最后一点钱,一无所有地坐在餐厅前。她抑制不住地哭出声来。他心生亏欠，拥她入怀。在那一刻，他们好像成了这个世界上最亲密的人，紧紧地互相依靠。

这大概便是感情，无论多么糟糕的关系都曾有过一瞬间的相濡以沫。幸运的人，维持了终生；不幸的人，互相伴着走了一段旅程。

那些甜蜜的日子，一去不复返。感情何以走到这个地步？两人都不明所以。他不再欣赏她的不谙世事，她也不再崇拜他的博学多识。他们互相厌倦，心生隔阂，像所有即将分开的伴侣。

每段感情结束的模样，有着大同小异的难堪，他们也不例外。他责怪她懒惰，她怨怼他不够包容；他计较她不付出，她指责他不大度。针尖对麦芒。

彼此眼里曾经的光，纷纷蒙了尘土，再也照不见彼此的好。她本不想这样，不过是希望多一点偏爱。但这在他眼里，成了无理取闹。

若不是因为爱，谁愿与之争分毫，伤人又伤己。

谁也没有说分手，但分手明明已经发生。谁也不关心谁，谁也不理睬谁，像熟悉的陌生人。沉默的对峙，悄无声息的告别，比声嘶力竭的讨伐更有杀伤力。

这迅速恶化的关系，令她无能为力。但她明白人之所以计较得失，大抵是因为无法再给对方什么。富足的人不会如此。她意识到自我的匮乏。

既然无法再给对方什么，不如学着成全。兴许有人能给他他想要的。

暮色四合里，她做出选择。愿他好，亦愿自己好。

突然懂事

这两年我不知不觉地经历了一些从未经历的生活，彻彻底底体验了身心俱困的下沉感。在这个过程里，有自我与人性的对抗，也有自我与外界的冲突。时常充满矛盾、困惑和不安。情绪像浮在水面的浪花，随便拍打一下就散了。

没有人知道那种下沉是如何摧毁一个人的。我看起来如此健康，完全看不出崩坏的痕迹。但是，反反复复的抑郁和间断的阴翳，此起彼伏地占据了我的心灵空间。

日子是大片大片的灰，裹挟着我，让我在生活中变得恍恍惚惚。在朱家角的萧瑟寒风里,在古镇的离群索居里。那些执念缠身的瞬间,我总幻想有人能打捞我,救我于水深火热之中。

可是没有。生活彻彻底底地将我丢弃于废墟中。我吞咽生活的枯槁,关于诗和远方的执念,连同有趣的灵魂一起全被粉碎。

两年再两年。我的青春又一次被虚掷,那种一无所获的荒芜感将人吞没。在某个瞬间,我突然领悟了一些曾经不理解的事。那种领悟是基于我所有经历的总和,使人醍醐灌顶。感情,工作,和其他。

不知不觉到了三十岁。曾经觉得十分遥远的年龄,不过尔尔。我打扮照常,脸和身材也并未因为岁月而松垮。一切看起来都和二十几岁时差不多,然而又差了很多。比如,我开始在保温杯里泡枸杞,吃热量最低的食物;冬天穿秋裤,夏天戴披肩;买保险和基金。我曾经不屑一顾的,而今都一一规划了起来。懂事得不像自己。

不知该为这懂事举杯庆祝还是黯然。但总觉得某部分的自己走丢了,暗戳戳地开心又暗戳戳地难过。

我甚至学起了理财,每月末复盘一次,像极了梳理人性。在这个过程中,我清楚地窥见自我和支配一切消费行为背后的动机。生活的必需品、美的维持、自我的提升、小部分欲望的管理和对未来风险的承受力。一切基于安全感与美好。没有品牌溢价的自尊感需求与必须拥有的欲望，趋于理性与健康的自我组成。

这种成长突如其来，充满意外。在一些黄昏交接的时刻，我忽然喜悦，又忽然失落。一些天马行空的乐趣逐渐下落不明，我就这样穿上大人的衣裳，走在行人穿梭的街头，左顾右盼，祈祷有人看出我还是个不想长大的孩子。然而，无济于事。路上偶遇的小朋友开始喊我阿姨，我无法再假装成孩子。

时间充裕的时候，我会踱着碎步，看路上晨练的老人、盛开的樱花和天空下的高楼。然后回想那些曾经拥有的美好，也感恩被善待。或许此后都不会再拥有了，但它将成为我永远的回忆，历久弥新。

偶尔，我也会想起有关北京的种种。雨天的回龙观，早高峰的地铁，乌泱泱的人，一个个都没精打采的。那时，站在人群里的我，总是想不明白，他们为什么会如此，也没有远大抱负。

时隔多年，我找到了答案。是生活，是责任，也是身不由己。每个人都拖着自己的原生家庭，走向社会，扮演着各自的社会角色，承担着属于自己的责任，没有办法完完全全地由着本性生活。他们不是没有梦想，而是挑选了更重要的来承担，毕竟不是每个人都需要远大的抱负。

三十岁时豁然开朗，给了自己一记耳光。将执念连根拔起，很疼，但是必须面对。对自己残忍，总好过现实世界的伤害。

过情关

栀子花开的季节，是爱情疯涨时。

关于感情的种种，终于了了分明。

朋友说，当一个女生过了情关，她将无所不能。

以前听不懂，现在终于懂得。

人一旦过了情关，就会爱惜真心。

会主动收起弥漫的感性、认真，等一个恰逢其时。

不明就里的暧昧和不认真的消遣，一眼就能辨明。

什么是过情关呢？

是能分寸自如地驾驭好感性和理性，将感情精准投给对的人。

人会在什么时候过了情关呢？

是在得到了完整的爱与完整的伤害后，豁然开朗。

完整的爱，能让人明白什么是好。

完整的伤害，会让人明白什么是不好。

两段完整而认真的投入，足以让人幡然醒悟。

但不是每个人都明白。

过情关，需要悟性，需要去我执。

悟性不够或执念太深，都将深陷情感的泥潭，惴惴不安。

患得患失，是一个女孩失去安全感的开始。我想起年轻的岁月，曾因为一段感情，惶恐到彻夜难眠，珍贵虽珍贵，但回头看，并不值得说道。爱情需要一些松弛感。

年轻时总是容易较真。不知哪里沾染来的托付心态，将爱情谈得上纲上线。人一旦严肃就谈不好爱情。

认真是好的，但不是所有认真都会有好的结局。

天时、地利、人和，方能促成一段佳缘。

如果中途走散，也不代表就是错的、不值得的。

人能借助情感来修正自我，是极好的修行。

极致关系里的爱恨，更能明心、见性。

如果一件事没有成

我跟了很久的一个项目,在即将签约的阶段突然被撤了下来。说不失落是假的,但我很快就换了新视角,也许这是最好的安排。换作从前,我会沮丧、自责、不甘,但是现在不会了。一件事,如果我已经尽力而为,却没有成,一定是有它更好的结局。

在很长一段时间里,我将这些不好的果归咎于命运,并试图与之抗衡。后来我才明白,人这一生的福要自己去求。有时我回头看,人生的大部分时光,都是虚无的热闹。夸夸其谈的快乐和众星拱月的辉煌,伴随着人性里的张扬、挥霍,张灯结彩地挂满了一路。

热闹是真的,虚无也是真的。好像那曾经绚烂的烟火,余烬是尘土。尘土飞扬时,谁还会记得烟火璀璨过。所以人生不如意十之八九。

采一把月光,照亮夜晚;点一盏香,晕染夜色。若隐若现的火苗伴着微弱的光,在黑夜里闪烁。我喜欢这样的黑和这样闪烁的光。像人生的某一个片刻,有暗影,也有光明。

不过都是这一生,事成了有成了的活法,事不成也有不成的活法。最怕的是事不成却幻想着事成后的种种，心生怨怼和不甘。人一旦升起了妄念，日子便苦了，好的也会变成坏的。

到头来还是时间予人智慧，让人学会释怀与放下。所以，如果一件事没有成，就让它如它所是便好。这世间没有什么值得我们消耗情绪，也没什么事不会过去。

温柔的飒

下雨了，窗外的风卷门而入。

镜子里的岁月是蒙了灰，擦一下，亮一点；再擦一下，再亮一点。

终究是成长能让人变得通透。

世人赞赏温柔，说它是一种力量。而人成长到一定阶段，会逐渐明白，温柔只是一种状态，真正有力量的是藏在温柔里的无所畏惧。

无所畏惧，不是什么都不怕，而是一种自内心深处的圆满。即对于已拥有的，可以随时放下；对于未曾拥有的，也不再强求，但也不是什么都接受。

这是一种基于对自我的清醒认知而产生的处世态度。相得益彰的柔软和飒爽。我称之为温柔的飒，柔而不弱。

但大多数时候，做到真正的温柔而飒并不容易。有些温柔或是出于礼貌，或是出于自尊，或是出于讨好，有些飒或是出于逞强，或是出于不甘心，或是出于深陷泥潭的不得已。鲜少有温柔的飒，这是对命运臣服后的柔软和对万物掠过的体谅。

多数人，穷其一生，都只是浮于表面的温柔有余，悲悲戚戚。真正的温柔而飒，在感情岌岌可危时，有敢于优雅转身的勇气；在边界被冒犯时，有敢于说不的果敢。那是一种发自心底的自信，有收放自如的松弛感，也有"事来则应，事去则静"的从容不迫。

无端由的感伤

明明什么事都没发生，但我偶尔还是会感伤。这感伤，似乎来自昨天，又似乎来自未来。

生活的模样日益温润，让人分不清是长大成人的懂事，还是悲悯的性格原色。

很多曾经关系不错的朋友，都已经很久没有联系了，不知是时间的错位，还是空间的隔阂，让人与人之间熟悉的关系走向陌生。很多情谊都败给了时间。

在上海的林荫道间骑行，细细回想往事。风卷着记忆的碎片，绕了一程又一程。在敏感的人那里，健忘是个好习惯。

骑行的沿途，我看见许多闪着微光的小店，零零落落地贴着转租启事。月亮和六便士的关系如此明晰，大部分人一生的活法无外乎如此。

翻了翻曾经很喜欢的一个女孩的朋友圈，很久没看到她发美好的生活照片，取而代之的是与工作相关的种种，似乎在昭告着她和她诗意的远方日渐消弭。

又去豆瓣浏览她写的文章，字里行间透露着委屈。我共情到曾经的一段经历，竟感同身受。兴许，这就是生活的真相，或多或少伴随着只有自己才明白的感伤。

行文至此，好像不知要表达些什么。在成为写作者的路上，我总是少了一些天赋。这些文字因找不到同类而显得异常小众，就像人因为没有同伴而感受到的孤独。

困了，睡去；醒来，天亮。每一种选择都有遗憾，不能贪多。我时常这样告诫自己。而究竟怎样才是正确的一生？没有人知道答案。

坐在一个人的房间里，我断断续续地敲下这些文字。无端由的感伤随着这些文字消散了。

妆容与自我

我已经很久没有仔细照镜子了。是从什么时候开始不爱照镜子的呢？大概是明白了世间的美不能以镜为标尺时。人一旦有了自己的审美体系，对外来的评判标准便释怀许多。

尽管如此，我还是很在乎自己的肉身与皮囊。为了让这副皮囊好看一些，我努力了很多年。只是，人在旧有的体系里禁锢久了，会惮于尝试新的事物，就连日常妆容也不敢尝新，潜意识里觉得这是一种试错。

我不知道这种害怕试错的心态是什么时候起的，它悄然地扎根在心底，被一层一层地包裹着。

因为害怕受伤害而选择不开始，因为害怕没有结局而选择不相信。但是，回头看走过的人生，几乎每一天每一刻会发生或大或小的差错。这些差错并没有造成不可逆的损失，但我们却常常因为害怕而丧失了新的机会。因这样的觉察，我在生活的维度进行了一些尝试。我买了一些曾经无论如何也不会使用的眼影、腮红和亮片，化了曾经觉得并不适合自己的妆容，呈现出了完全不用的风格。人因风格的变化而有了新的面貌，于是我这些年用一支粉底液搞定所有场合的习惯被打破，逐渐开始喜欢上这些能让妆容看起来更精致的点缀之物。

而且，新的尝试让我产生了新的喜好，在平稳的生活体系里掀起了新的篇章，它让我重新认知自我。我开始意识到这些年我对自己的认知并不全面，甚至有失偏颇。

在自己这张面孔上，我连它的优劣势都不曾了解过，只是盲目地试图用一支口红、一管粉底液让自己变得更好看。虽然一直精进化妆技术，但我却忘了了解自己，没有学会扬长避短。

延展到生命的其他维度，似乎也如此。仿佛习惯了延续昨日的路，去走来日的路，却忘了昨日与来日并不相通。犹如多数人的日日精进，可能真的只是日日重复。

后来,你把自己活成了健忘的人,记不住真心、念不得过往。

所有努力成全的快乐不过是躲一个不愿承认的悲伤。

而后慢慢、慢慢地成了健忘的人。

爱或怨恨都只是遇见自己

才不到一周,房间的花就枯了。花瓣和叶子变得脆弱,稍稍一碰便掉落一些。掉得多了,花便秃了。像极了曾经的一段关系。

我一直以为自己不会计较那段关系,但是回头看,心里还是会有起伏的怨念。这种怨念来得没有缘由,明明距离那段过往已经很久了。

我发信息给朋友,询问这是怎么回事。

朋友说可能是我一直隐藏着自己的情绪,仍然意难平。

但事情已经过去那么久了,我意难平什么呢?

是对那段关系里的自己不满意,还是对他不满意呢?

似乎都有,又似乎都不应该有。既然是往事,就该好好安放,不该再有什么意难平。爱或怨恨,也都只是遇见了自己。话是如此,实际做到却并不容易。

天在一点点变暗,往事落入光影里,一日又这样消遣了过去。

有什么好怨的呢,人生谁还没有个高低起伏?那些拍打在身的疼,或许也只是潮起潮落的浪花。匮乏的,计较的，索取的，都是可怜人。

不过，人还是尽量不要碰触有创伤的人，他的敏感多疑会让你去到意想不到的深渊。匮乏的人缺少爱人的能力，他付出一点都要计较回报，这种计较会让你也变得不那么大度。

一段感情，一旦不大度就不会长久。女生最容易犯的错，是变成"恋爱脑"。遇见一个人，喜欢了，就自动忽略他的种种不好，不分青红皂白地对他好。幻想着用自己的好去感化他，甚至安慰自己只要全力付出了，哪怕是分开也不会有遗憾。

当真是这种心思吗？

不，至少不完全是。这种心思的背后是隐秘的渴望，渴望他像你爱他一样爱你。但不会，人只会记得翻山越岭都要去见的那个人，而不是身边巴巴付出的人。

所以，遇人不淑时，要收回你的好，把它留给值得的人，不要为糟糕的人消耗自己。

感情说简单也简单，主要在于筛选。筛掉错的人，或是发现人不对时立即撤退，就不会经历那么多磨人的纠缠。但人啊，往往是饮鸩止渴。

只是，你的喜欢当真是喜欢吗？

你喜欢的当真值得喜欢吗？

不过是不甘心和征服欲作祟，不甘心自己已经走了99步，只差那么一步。

等你遇到对的人，回头看那些纠缠，真的只会骂自己白瞎了时光。

放下那些不甘心和征服欲，敢拿敢放，才是正确的姿态。

这是那个不对的人出现的意义，也是你要学会的课题。

妈妈的梦

转瞬就过了七年，我的记忆还停留在离别的光景。那天的海像蓝色的琥珀，有着剔透的晶莹。那时的我怎么也想不到，我的七年就这样平庸地流逝了。

曾经无论如何都不愿承认的平庸，就这样安逸地长在了身体里，成为我的一部分。

妈妈说，在我还没出生时，就希望我成为一名作家，最好是像琼瑶那样的，会写浪漫的爱情戏码。

她的期望有点不可思议,但我也是多年后才知道的。在她培养我的那些年里,我一直以为她希望我"出人头地"。

一个女孩子的心里有要"出人头地"的想法,这似乎有些不合常理。但在我的记忆里,儿时的我一直是这么规划的。

要怎么才算出人头地呢?好像也没有具体的标准。大概就是功成名就吧。

一个孩子怎么会懂什么是功成名就呢?

大概是在父母的眼里看见了许多愿景吧。

在我生长的那个地方,女孩子考不上大学就要回家种地,或者外出打工,早早地嫁人。我妈妈的一生就是这样的。她不喜欢这种生活,但也无法逃离。为了让我逃离这种生活,她从我小时候就开始培养我。

她希望我走出那个村庄,去看更大的世界。

她觉得弱不禁风的我,只适合看看书、写写文章。

孩子的敏感超出大人的想象,只是大人浑然不觉。

但那个要出人头地的想法却时常压得我透不过气来。一个孩子对自由的渴望,让我迫不及待想要出人头地。我想也许出人头地后就可以离开那个小村庄,实现人生自由。

所以，从小学到高中，我一直都是左邻右舍盛赞的"别人家的孩子"。他们都以为我将来会有大出息，让父母过上锦衣玉食的生活。

不知道为什么，我们那个地方的父母，总觉得孩子上了大学就会有出息，有出息就能过得好，过得好就会改变自己的命运。好像他们穷其一生的付出，是希望通过子女改变自己的命运。

我不知道我的妈妈有没有过这种想法。但我身边很多朋友的父母，的确是有这种想法的。他们有许多未完成的期待，希望子女去实现。

但谁也预料不到自己的子女会长成什么样。人算不如天算。我阴差阳错地走上写作这条路，与妈妈的愿望还算吻合。但我们村的其他父母就没有这么幸运了，他们的孩子走上了千奇百怪的路。

虽说吻合，但我还是没有出人头地，我的现实生活距离妈妈最初的期待应该还有"十万八千里"。最初，我对这事耿耿于怀，时间久了，也就跟自己和解了。

在时间指针里晃荡的理想，夹着人声鼎沸的漂泊，在七年后开始走向具体的生活。这也许就是我的一生，平凡而琐碎。

长大成人的孤勇

我小时候很渴望长大。

在我成长的那个地方，人是不允许做真实的自己的，做什么事都讲究整齐划一。哪怕你犯了个错，也都会远近皆知。人言可畏被演绎得淋漓尽致。

都说乡下淳朴，这话我并不完全赞同。乡下人的确是很热情朴实，但做什么事都会从众。我作为村庄里的一员，即便只是个孩子，也难以幸免。

我不知道其他孩子是怎么度过童年的。我回忆起童年时的村庄，热闹是热闹，但也着实孤独。孤独是因为我的喜好无法与人分享。我找不到同类。

当一个孩子找不到同类和可以分享喜好的人，最先学会的便是沉默。我以为沉默就可以安然地度过童年，但并不是。

在周围邻里看来，我的沉默是孤僻和不善社交。他们偶尔会给我的家人提意见，言外之意是要教我健谈一些，长大了才不会被人欺负。

不知道为什么，他们总是对别人家的事格外上心。只要有闲暇的时间，就聚在一起东家长西家短。当然，我时常出现在他们的闲言碎语里。他们觉得我的父母对我太娇惯，不知是嫉妒，还是真的觉得这样不好。

但每每听到他们这样说时，我妈妈都只是笑一笑。我小时候不懂，并不是所有父母都会维护自己的孩子。不少父母会听风就是雨，但我的父母不会。他们从来没有因为这些闲言碎语来要求我改变，也从来没有批评过我，他们尊重我所有的样子。

小时候我不觉他们有远见，长大后才发现，能在那样的一群人里，无条件地支持儿女，是一件很不容易的事。毕竟邻里的孩子们很早就辍学外出打工了。而我始终在他们的庇护下，随心所欲地成长。

他们把那些闲言碎语全都吞进自己的肚子里，哪怕到现在，他们也在扮演着这样的角色。在周围邻里的催婚大潮中，他们未曾参与过半分。

他们保护了一个孩子长大成人的纯真和信念。这让我在长大成人的路上，拥有了无知无畏的孤勇。

第三辑

这一路的悲欢离合

不过情人节的妈妈

我的妈妈从来不过情人节。

我的爸爸也从来没有送过她鲜花。

但是他们却一起生活了大半辈子。

甚至连结婚证都已经找不到了。

这是一种怎样的感情,有时我也理解不了。或许是时代铸就了他们特有的不浪漫,他们对彼此的情感需求看上去很淡。

在没有手机和微信的年代,在信息不发达的乡村,只有电话维系着相隔甚远的他们。但他们在电话里也很少说情话,内敛的他们都不善于表达情感。

他们偶尔会写信,文笔不好的爸爸可能也写不出什么,多愁善感的妈妈竟也不计较。他们就这样过了半辈子,没有鲜花、礼物和爱语。

我一直以为妈妈不需要这些,但后来发现只是因为爸爸不懂。他们日复一日地过着重复的日子,没有谁计较谁不浪漫、谁不付出。

那时我年幼,看到什么就相信什么,也不懂什么是爱情婚姻,什么是浪漫誓言,什么是柴米油盐。

对我而言,生活是他们庇护下的象牙塔,未曾想过温润日子背后他们做了怎样的牺牲与奉献。

当长成大人模样后,我学会了分辨。这才看懂,妈妈也有不少期盼浪漫爱情的时刻,只是她未曾表达过。

女性,不管多少岁,内心都住着一个小女孩。没有女孩不喜欢浪漫,不过只是生活的磨砺使她们过早地走向了成熟。

过早地组建家庭,孕育孩子,使她无暇思考她这一生要如何活。

作为妈妈的旁观者,我时常觉得她这一生充满了委屈。换作是我,内心会生出许多怨怼。但她未曾抱怨过半分。

今年的七夕,她依旧没有收到爸爸的礼物。盛行的社交软件让她目睹了节日的热闹。她发了一条朋友圈,配文是别人送她的礼物。

我猜这是一条用来暗示爸爸的,她也想要一点浪漫,但是憨厚的爸爸似乎无动于衷。他这一生的浪漫都奉献给了家庭,除此外的任何浪漫,他都无暇顾及。

我看着妈妈朋友圈的这条动态,内心生出一丝歉意。我这些年只顾着自己浪漫,竟忽略了她。一个奉献了一辈子的女人竟然连想要一点浪漫都需暗示。那种心酸,不知道爸爸能不能体会。

我发信息给妈妈,告诉她,以后的情人节我送你礼物。妈妈说好,但别太浪费。

若是从前,她会拒绝。但此刻的这一声"好"干脆利落。

她这一声"好"里,藏了太多小女孩未被满足心愿的遗憾。

我问她这些年失落吗?

她说,我对自己特别节俭,不是不喜欢浪漫,也不是条件不允许,只是希望把最好的都给你们。偶尔也会有点心酸,但更多的是体谅,体谅一个家庭的不容易,也体谅你爸爸的粗心大意。我这样安慰自己,就这样慢慢度过了每一天。

"就这样慢慢地度过了每一天。"

妈妈的话,轻轻落下,余音里的叹息久久萦绕在我心里。

那是怎样的每一天呢?

她说曾经有那么几次差点想不开,但回头看看身后的我们,劝自己坚持了下来。人生哪有那么多得偿所愿,慢慢地,都会过去。

在那些她所谓想不开的日子里,年幼的我看不出太多悲欢,只是隐约感觉到她眼里藏着巨大的落寞。我以为那落寞是因为我的考试成绩不理想,却不知是因为生活的辛酸苦辣。

生活,使一个女孩成为母亲。妈妈用她有限的智慧支撑起一个家。一年四季,她都过着相似的日子。她不够爱自己,却很爱我们。

我一直以为自己了解爱,了解梦想,了解生活,但其实一无所知。如果一个人完全了解这些,那么她不会过分地将自己置于高处,对周围的一切置若罔闻。

算命

在我很小的时候,妈妈很喜欢找人算命。有时给爸爸算,有时给我和弟弟算。算来算去,也没算出个所以然,无外乎是求平安,求健康,求财富。

记得我上小学一年级时,家里请来一位姑爷,据说他开了天眼,能看见普通人看不见的仙界。这位姑爷六十多岁,每日神神道道地念些咒语。他说的话,妈妈都听话照做。

我那时年幼,不知道是什么命,总觉得妈妈这是搞封建迷信。我心里有点排斥,偶尔还会和他们对着干。但没有人在意我的小情绪,他们觉得我的叛逆是因为被鬼怪附体,正好也需要咒语开释。

那时妈妈还很年轻,三十出头,又不是早婚早育,正是一个女性打拼的年纪。我不知道她之前经历了什么。我整个一年级期间,我们家都是在这样的日子中度过的。

听奶奶说,妈妈的神经出了些问题。但具体是什么病,他们又说得模糊不清,我也听得一知半解。大概就是妈妈身上有鬼怪附体,不干净。为了妈妈的健康,一家人都支持这么做。

再后来，突然就消停了。家里再也没有请过开天眼的姑爷，只是逢年过节会拜拜观音。偶尔我生病或者参加重要的考试时，妈妈会站在观音面前，小声念叨，求个平安顺遂。

许多年过去了，我对这种行为仍然感到匪夷所思，很不理解。妈妈身上真的有鬼怪吗？人与神真的可以通灵吗？整个童年，我都为此困惑不已。但在我们那个村里，人们有限的智慧无法解答我的困惑。

后来，随着时间的流逝，我被动地卷入一些别离与无常。在那些生命不能承受之重发生时，我突然就理解了妈妈的行为。那是一个普通人在命运面前的求助，当她在外界找不到可以慰藉的力量时，神明成了她的信仰，她想借此换一个家和万事兴。

我想起2020年自己算过的几次命、占的几次卜，也没有得到所谓准确的答案，不过是一种心理安慰。但就是这种空穴来风式的安慰，拯救人于切实的水深火热中。我们借着这种虚无的安慰，走出那些当时感觉无比痛苦的深渊，回头看时唏嘘不已。小时候，我从来不信风水、命运，总以为人力可以对抗一切，长大后却"信"了起来。

我揣度着这个"信"，仔细琢磨它背后的深层原因，隐约明白了,"信"是在无常的命运面前,自己给自己的一剂定心丸,好像信了就会被庇护一般。

要离开的人

从影院里出来,她就一直沉默着。眼睛直直地看着窗外,但眼神却空空如也,什么也没有。两天了,她只吃了一顿饭,竟然也不饿。原来人难过的时候,真的不会感到饥饿。

身体里有一种说不出的倦怠感,淡淡地缠绕着,让人连说话的欲望都没有。不疼,却使人无精打采。

虽然不舍,但也没做任何挽留。要离开的人,留不得。

要离开的人,在离开的那一刻,心就变了。

那些他给的好,在上一段感情里,她也拥有过许多。但是现在,她越发感到贫瘠。父母的爱、朋友的爱、恋人的爱,一一离她远去。

她像这世间的孤儿,被扔在沼泽地里,一点点枯萎,一点点没了生气。

她打开两人曾经共同听过的音乐,眼泪一秒就落了下来。

爱而不得是成年人要学会的课题。

像影院里的漫长告白。

她已经很久没哭过了。

最近落泪的次数越发频繁。

离别时好好告别过的人,很少再相见。

他们很快会成为彼此的过去。

人之所以落泪,或是因为感动,或是因为难过,或是因为喜悦,而她竟然只是想有所释放。她的情绪里压抑了太多不能对外释放的脆弱。

胃里很空,但吃东西的欲望并不强烈。沉默在她身上形成屏障,试图保护她内心深处无以名状的悲伤。

头有点晕,嘴巴感到干渴。

她爬到床上,把头埋在枕头里,听钟表的指针划过十二点。他离开两天了。

一个头也不回就离开的人,一个轻而易举离开的人,是如何做到的?

曾经的感情像假的一样。一回首,一思量,悲不自胜。

成阵的热闹与悲欢

1

影影绰绰的疼坠在身体里,手脚冰凉,年轻时落下的毛病上了年纪后逐一呈现。我身体的寒凉,如团在心底的悲凉,怎么都捂不热。

我吃了点热乎的银耳羹,身体暖了些许。食物的治愈,比想象中有力量,也充满柔情。然而,也不过是食物,饱腹的食物。治愈不了淋过大雨而感染风寒的人。

最近上海总是多雨,连日不见云,已经很久没有悠然自得地看过一次太阳。风走了八百里,吹走每个人的护身符,给人间下了一道咒语。

2

早高峰的地铁,人格外多,下雨的冬天更是如此。

乌泱乌泱的人在地下穿梭而过,披星戴月。地铁里写满了生活。

生活是什么呢?

是一种姿态。有时站着,有时坐着,有时被外界推搡着。

我看了一眼时间,九点。该工作了,为这一日三餐。

生活,有时并不只是做喜欢的事。为了体面,为了自由,为了过得更好,要接受其他一个又一个的安排。时常以为完成后就可以获得自由,结果命运又另有指示。

人看似主动的选择里无时无刻不藏着被动。像加缪笔下的西西弗斯,在不断重复且永无止境地做同一件事——试图推动那块石头。

这是他活着的方式,日复一日。也是我们的。不同的是,我们眼里的负重是他任劳任怨的使命。在他看来,那块石头是自己的责任。推着石头向着高处挣扎本身就足以填满他的心灵。他为此感到幸福,沉醉其中。

同一种生活,因这身份的不同造成视角和感觉的差异。旁观者只有个人理解与想象,当事人充满宽容与体谅。这是他的生活,别无选择。

3

活着,好好活着。怎样才算好好活着?没有标准的普世答案。

也许活着是为了活着本身,人对活着的乏味性有着极大的耐心。

每天都有成阵的热闹与悲欢袭来。

每个人都用尽全力参与其中。

那一刻，我只想做一条沙滩上的咸鱼，晒晒太阳吹吹海风。

不想只是，今天重复昨天般地活着。

我允许，你如你所是

当我意识到我有局限的时候，我走出了房门。

过去那些爱过我的人，又逐一地向我走来，给了我光与温暖。

往年开年时，我会迫不及待地给自己定下许多愿望，在新的一年逐个完成。

而我今年的愿望，仅仅是以觉察的方式，尽可能平和喜悦地度过每一天。

当然，生于尘嚣之上，这并不容易完成。

尽管如此，我还是决定把那些未完成的悲伤，统统拎出来画上句点。

唯有这样，才可能彻彻底底地离开旧的自我。

隐约中，我觉得新的自我，会以完全不一样的面貌出现。

具体是什么模样,我不是很清楚。

但心性里的那些自怜情绪与虚掩的羞怯感都渐渐地消散了。

一股新的力量在产生。

要爱,像不曾受过伤害般。满满当当,全心全意。

要富足,像不曾匮乏过那般。去包容,体谅和奉献。

把社会教给你的那些自我保护,统统卸下。

把感情里你的期待、需求,统统去掉。

保持柔软。

保持感恩。

保持无知。

我允许,你如你所是。

我接纳,你并不总是正确。

我原谅,你的失望、愤怒与情绪。

包括他人对你的误会、伤害和怠慢。

无论是他人,还是你自己,都仅仅是在做自我保护。

他们的本意并非希望伤害发生。

把这些领悟,应用于生活,时时刻刻。

每日清晨,清零,整理。

每日睡前,内省,觉察。

日复一日，日日如新。

我相信，你会以你的方式，收获圆满、爱和其他。

人类深陷感情时

似乎到了羞于谈论感情的年纪，已经很久没有动笔写点什么了。

提起感情，人们最常提及的便是"爱"。仿佛它是人类最深切而又欲罢不能的欲望，每个人都想得到，每个人都以为自己能得到。可是，真正如愿的人，少之又少。

唉，一声长叹。我可能是个悲观的乐观主义者，白昼与黑夜，常常表里不一，在谈笑风生时对感情虔诚、不容侵犯，在暮色四合时又觉感情不值一提。人类深陷感情时，无处不透着悲凉与荒唐。

抿一口柠檬水，想起那个男孩说他喜欢某个女孩的故事。我笑了，当真是情真意切，我依稀记得他前一阵还喜欢 A 呢，才不过个把月就喜欢上了 B。你看，人类移情别恋是多么迅速，爱得盲目而廉价，肤浅而认真。所以，我从不相信人类深陷感情时迅速擦出的火花。不过是迷恋，好奇与占有欲。

什么是爱呢？是人类为自己的欲望撒下的弥天大谎。假作真时真亦假，见过几次面，怦然心动过，对她好过，便觉是爱了。爱，被如此误解。而真正的爱，是闭口不提。把一切珍藏在心，默默付出，舍不得给她一点压力，对她好但又从不轻易表现出来。有担当而大度，无私而豁达。

天色暗了，一天结束了。闺密的感情有了眉目，她给心仪的人送了神秘礼物。我问她为什么如此突然。她说，喜欢一个人的时候忍不住想对他好。这似乎是爱情该有的模样，听起来就很美好。人类深陷感情时的付出，也会令人动容。但若掺了一点不甘心，便是扭曲了彼此的情谊。

当然，也不是所有感情都让人甘之如饴。现实中的多数感情，充满悲凉。因为人性自私。在感情中，两个人都试图从对方那里得到一些什么，比如关心、体贴、包容。一旦没有，期待落空，便生起了不满与怨怼。人类深陷感情时的计较有点不可理喻，完全失了该有的风度。

他说他爱她。这是多么空洞的言语，自以为深陷其中的人会相信,但她却不屑地转身离开。她明白但凡不是发自内心的感情,多少都带有毁灭性。

走不出房间的日子

七日没有出门了。推开窗,外面世界的喧嚣消失了,像退去的潮汐,没了踪影。不见霓虹闪烁,不见熙熙攘攘,不见人来人往。一家人终于能整整齐齐地聚在一起。能够圆满,总是好的,哪怕是阶段性的。

太阳升起来了,对面阳台上晾晒的被单随风摇曳着,像飘在空中的一面小旗,在吹着生活的号角。我已经很久没有独处了,这样持续性待地在一个地方,不用与人产生额外的交际,令人感到舒适。语言不再是生活的必需品,大段大段地静默着,像电影里的旁白,意味深长。

我从冰箱里取出食物,南瓜、芋头、红薯,一一切好,放进炖锅里。四片白菜,三朵花菜,两片培根,一个鸡蛋,煮好,蘸上调料。无论厨艺好坏,都是独属于自己的生活技能,这令人感到无所亏欠。

素日生活的枷锁，因这简单的日常而得以卸下。生活回到它该有的模样，一日，三餐，慢条斯理。

太阳落了下去，光线次第减弱，煮好的南瓜羹黄灿灿的，一日所需不过尔尔。如果清心寡欲，在外面的世界漂泊，也可以不那么辛苦。

我想象着窗外的光景，风追着雨在云朵里奔跑，病了的人得到救赎。只愿岁月安然。

杯子里的水凉了，我续上一杯。热气腾腾的，好似人间烟火。如果再多一些草木，空间再宽敞灵逸些许，就这样离群索居也挺好的。这时，人只属于自己。没有人与生活的藩篱，也没有人与人的纠缠。笨拙得到体谅，迟钝得到宽恕。

心无旁骛地放空，不假思索地生活，没有对错，没有规则，这令人感到安全。安全，是生活的基本良方。

自小独处的生活影响了我的个性，使我对外界的依赖甚少。因自知人类的悲欢并不相通，所以从不幻想他人能感同身受。况且，人们总不能守口如瓶，秘密很快就不是秘密。文字，是唯一可以推心置腹的朋友。

人群中的热闹最是寡淡。

你一言我一语的喧嚣,

彰显了生而为人的孤独。

一些体悟

时间的飞逝,除了与日俱增的年龄,也有一些无关风月的体悟。

这些体悟,伴随着自我的成长,更新为一套属于自己的人生观。

1. 返璞归真

深夜,万物静默如谜。星星点缀的夜色里,偶尔坠落几只萤火虫,翩翩起舞。我猜它们是迷途知返的人间精灵,沉沦于温柔夜色。

尽管人这一生细究起来许多事都经不起推敲,爱恨有时,生死有时,如梦幻泡影。但来人间走上一趟,也算值得。

夜色里,一幅画面油然而生。紫藤花蔓延在凉亭里,垂挂下来,光着脚丫的女孩提着花篮迎面走来,笑容可掬。这是我儿时的模样,自在成长的欢喜,有着富足的恬淡。不争。

然而,是什么打破了这一切?使人醉心于俗世的芜杂与吵闹。是执念,执念带人走进尘世中。看懂了,便也回归了。

人，我们每个人，都终究会回到属于他/她的环境里，在那里谋爱谋生。而返璞归真的快乐，迷失过的人都会懂得。

2. 人生的天平

夜里做了一场梦，梦见许多人。在梦里，生命陨灭，肉身消亡。恐惧、哭泣、呐喊。任我如何挣扎都不能摆脱其控制。那是一种无能为力的挣扎，我试图想挽留什么，但无济于事。

我从睡梦中醒来，周围是大片大片的黑，像梦里的颜色。

打开灯，恐惧消失了些，心悸的感觉还在，沉沉的，像一块石头压在心上。

像极了某年北京电闪雷鸣的夜晚，同样的心悸。

上班的路上，我仔细揣摩那些梦的寓意，是否在暗示我什么。

也许我潜意识里惧怕的事物，会在梦中被强化或显现。

成年人的怕，就这样从一些小小的创伤中慢慢积淀了起来，微不足道，极其隐晦，不敢与他人分享。怕不被爱，怕被抛弃，怕被看轻。这些怕渗透在生活和感情中，被小心翼翼地包裹在外表的光鲜和体面之下。

因为怕,所以开始学着自我保护,所以总试图表现得疏离冷淡。而这些自我保护,某种程度上使人丧失了直面现实的勇气。它让我们不受伤害,也给了我们无法承担伤害的脆弱。

毕竟,人生的天平,从来不会避重就轻。此处没有承担的,别处也要承担。

3. 阴暗面

那是一种被击溃的破碎,无法修补。

沉沦,成了最好的放纵。

休戚相关的喜恶全都偃旗息鼓。

但人总是会清醒的,尤其是痛苦之后。

而觉知,是一种好的体悟。

爱恨别离的喜怒全都飘浮上移。

将这些体悟全都关进小黑屋,幻化成人形模样,与之对话,那些不被理解和接纳的情绪全都呼之欲出。脆弱、胆怯、恐惧、不堪。原来在每个人的身体里,都有阴暗面。只是我们从来不敢光明正大地面对它们。

人间本就无悲喜

很快,一年过去了。

那白纸一样脆弱而轻薄的悲伤,层层叠叠地褶皱在心间。

风吹一下,飘走一张,飘着飘着,就空无一物了。

人,悲伤久了,是不会再悲伤的,不过是冷淡而已。

冷淡,是一种很好的自我保护。

连同他人叩门的热情,也一并拒之门外了。

兴许,人间本就无悲喜。

悲喜,不过是人自内心深处对人性的一种悲悯罢了。

看似浓烈的,也最是凉薄的,经不起细究。

站在一个既不属于过去,也不属于未来的时刻,

那些笼罩的迷雾,突然就散了。

生活,人性,如此清晰。

该感谢生命里那些令人失望的时刻。

那是使人顿悟与面对真相的时刻。

旧的自我逐渐瓦解,新的自我正以一种尚未构建好的模式建立起来。

那沉淀在心底的悲凉,偶尔被生活里的欢喜溅起一

些水花。

尽管如此,有些柔软,还是以我不知道的方式消失了。

人长大以后,就成了世间的"孤儿"。

看似热热闹闹,到头来都是自己一个人。

没有来路,没有去路。

幸运的人,找到了他的神明。

不幸的人,终其一生都在寻找。

而一艘船要靠岸的时候,安全才是首选。

将生活抽丝剥茧,也不过是一日三餐。

素淡,清明,澄澈。当然也伴随着失望。

那些心力交瘁的瞬间,委屈涌上心头,泪如雨下。

让旧的一年里发生的那些不快和崩坏,都随风而去。

新的一年,愿你拥有稳定的自我与喜乐的心性。

不管你曾经历过怎样的心性折磨,都过去了。

这一生纸短情长

听一首歌,反反复复。

像坐在街角咖啡店里的那个午后。

等一个人，光影斑驳。

收到一条短信，说节日快乐。

时间显示 2020.2.14   12:12

节日，理应热闹或被庆祝。

可能是怕孤独，我对节日有着本能的回避。

每每临近，我总会提前做好收不到任何祝福的准备。

给自己买了礼物，假装正被人认真对待。

这被惯坏了的古怪习惯，多年如一日，从来不改。

仿佛它是我最后的倔强，不容侵犯。

写一封情书给自己。像曾经那样用心。

紫色的信笺，蓝色的笔，海水一样的思念和阳光明媚的你。

无论如何，希望你忠于自己。

我不再试图要求你成为伟大、完美、得体的人。

你可以一事无成。

你可以穿着拖鞋、粉黛未施地去菜市场买你的一日所需，也可以在地铁上大大方方地补你掉色的口红，甚至可以在疲累时舒服坦然地坐在马路边放空。

你不必总是棉布长裙发髻整齐，笑容可掬容易相处，破绽百出地假装心胸宽大。

你可以不那么容易亲近，面面俱到。

你可以有自己的秘密，疏离冷峻。

我不再试图要求你总是明白事理。

不想说话的时候，可以沉默，不用为了取悦他人而去捧哏。

不舒服的时候，可以离开，不用为了顾及任何人而强迫自己融入。

去做你喜欢的事，在那里大放异彩。

去爱懂得你的好的人，在那里付诸一生。

那些束缚你的，统统放下。

像个孩子一般地成长，保留你最原始的孩子气。

在玻璃上涂鸦，在雪地里嬉戏，在下雨天敲打水花。

在你的名字边，写下他的姓氏，偷偷地，忸忸怩怩地，却又满怀欢喜。

无论如何，希望你快乐，

圆满，幸福，充满勇气。

我会把世上所有美好写进童话里送给你。

做你的王子，也做你的骑士。

满足你孩提时每一个不可思议的天真想象。

疗愈你长大成人的孤军奋勇。

给你温柔,给你包容,也给你体谅。

用最长久的耐心唤你最初的柔软。

像不曾受过伤般去爱人爱己。

这是我写给你一生的情书。

纸短情长。

收好。

此致敬礼。

暖。

2020.2.14　13:14

回望

我在书店,敲下这些文字,单薄的衣衫挡不住突如其来的冷。

一整天都在整理书稿,终于得闲,我回望这一年,平静生活的内里早已发生了巨大的变化,但它们看起来还是如此。

生活什么都没言说,却悄悄地在你身上留下痕迹。

眼角的第一条细纹，在逐渐加深。

那一刻我意识到衰老如此逼近。

回望，让我从热闹的生活中抽离出来。

没有一个时刻像现在这样如此令人清醒。

我裹上看似不谙世事的外衣，企图重新塑形。

那些记忆，像波光粼粼的湖面，又似镜花水月。

你一言，我一语，突然消失。

对人性新的认知，让我理解了人类的悲欢自渡。

人们不喜欢痛苦，但不一定不喜欢适当的悲欢。

那是一种微醺的迷人，如人饮水，自知、自醉。

每每此时，你都像个局外人，站在过往里，看很多人在记忆里穿梭。

但是你什么都没说，只是平静地路过。

宽大而华美的袍子被穿在身上，每个人都像是在等谁加冕皇冠。

我看到了期待，看到了欲望，看到了失落，看到了人性的种种原色。

我听到了解释，听到了辩解，听到了误会，听到了回避的种种理由。

但是，我感到平静。它们，已经不能再影响我。

似乎，不应该大肆宣扬自己对自己的诚实。

毕竟，人类并不总是如实地面对自我。

书店外，暮色四合。

广场上，热爱生活的人们开始了夜生活。

也许有一天，我会成为他们。

只是跳跳舞就很开心。

> 如果有天你去了陌生的地方，记得对自己的过往闭口不提。不要让它再参与进你的世界里影响你获得幸福的可能。

自性圆满

经历了人生的种种，我越发觉得种种经历，都是礼物。

有些事情，像奇妙的天使，在恰当的时候进入你的生活，只是为了将你唤醒，让你重新对生命产生兴趣。

犹如每个悄然跃入你生活的人，并不会一直停留。

他们的出现只是为了提升你的意识，扩充你的认知。

让你重新喜欢上自己。

让你懂得照顾自己的感受，在事情处理妥帖后能尽情地享受生活。

让你理解人生实苦，不常倾诉，但又有能力消解。

让你自性圆满，因内心变得强大而生出一种体恤式的宽容。

让你可美可飒，极度坦诚地面对自我，理解人性的弱点，也不在乎别人是否喜欢自己。

让你明心见性，不被廉价的言语与情感煽动，坚持自己的选择不后悔。

从未有一个时刻，让我如此清明。

那些颠簸的情绪和未完成的悲伤，莫名地在身体里消失了。

天要下雨的时候

窗外下雨了,滴滴答答。我已经很久没有这样早醒过了,大概是近来睡得多的缘故。

回顾过往,它苍白得像一张纸,单薄且无力。荒芜的岁月和虚假的繁荣在一无所获的结局里道明了真相。

平静,久违的平静。平静地看完一段又一段晦涩的文字,平静地体验着这特殊日子里来自生理的痛。仿若置身乱世,气定神闲地,阅尽人间山河;仿若一切倒退的、离开的,都获得了新生和原谅。静气慢慢注入体内,予人智慧。所谓"定生静,静生智",有所领悟。

对文字的热忱,似乎又回到了最初。每日写作,我便觉安全而充实。文字成为我抵挡乏味生活的重要食粮,它温暖了虚无岁月的微凉。所以,我也鲜少盲从人间热闹,它不过是人们慰藉孤独的幌子,徒有虚名。

空调发出嗡嗡的声响,让我想起一些事,不由得笑了。人啊,天真起来像个孩子。

雨停了,鸟儿们叽叽喳喳的声音此起彼伏,像在互诉衷肠,给这大而无当的人间带来一些乐趣。很多人,莫名地浮现在我的脑海,随即消失,带着内疚和忏悔。

我将他们一一锁了起来。不适合的,南辕北辙的,终究要告别。

厚重的石门,徐徐落地,像一个时代的落幕。关闭了过往,成全了当下清欢。

不知所云地记录了这么多,仿若一段又一段生活的注解。但其实有点多此一举。生活哪有什么理由?不过是生下来,活下去,生猛得不像话。非要矫情地给它一段岁月静好,倒显得有些爱慕虚荣。对,虚荣。人类隐藏起来这个秘密,并为此付出了惨重的代价。

胃有些饿。一些知觉在产生。觉察它,接纳它,理应给它水喝,给它饭吃,给它以此生所有。可我放弃了。给了它饥饿,给了它口渴,给了它此生磨难,这让人自我感动。为什么呢,因为想要人间更大的繁荣。你看人类的虚荣,总是藏着掖着,哪怕是秘而不宣的秘密,也要合理化之。这是我的虚荣,人类共生的虚荣,阳春白雪的虚荣,昭告天下的虚荣。

有点高兴呢,我直面并审视了自己。兴奋得踮起脚尖,够了够头顶的理想。嗨,你看,对自己诚实没那么难。打了个滚儿的功夫,世上另一个我被镀了金。

不,金是俗的,不要。要银要玉要人间一切我所不知道的好东西。内心住着个顽皮的孩子,非要装模作样像个大人。你看,我的虚荣又起劲儿了,戴着不雅不俗的皇冠,还非要清心寡欲活成冷清秋。

它们相互对抗,形成两个派系,谁也没有战胜谁。嗳,真是可爱的幼稚鬼。其实承认自己的俗气也没有什么不好意思的。毕竟大同社会,共享一切,包括这俗不可耐的烟火气。

有很长一段日子,我不愿动笔,害怕暴露。我羞于向世人展示生活中市侩的一面,对世俗的过分抵抗造成了对美的过分仰望。美其名曰精致。喏,虚荣的高级表达之一。那时的我对精致有着谜一般的误解,如同一个人对另一个人无可救药的喜欢。

不过是看了梭罗的《瓦尔登湖》,便肤浅地要过离群隐世的生活。想以自己喜欢的方式活,阳春白雪地活。这种想法错得有些离谱。

但当我把虚荣放在台面,拿出来示人时,世人和我站在了一边。我第一次有了拥护者。或许它不是虚荣,而是人类对美好的憧憬或欲望。即便如此,我也不喜欢它乔装成人畜无害的模样,吞噬人的心智。

我希望它诚实,对一切都有足够的诚实,包括这人性幽微处若隐若现的明与暗。有所取舍地坦荡成长，不媚俗亦不媚雅。即便是天要下雨的时候，也不强迫它由阴转晴。

欲爱人，先爱己

Long Way Home 的曲调在流淌，优美的韵律让人想起夜晚的爵士乐现场。朋友们来家里做客，聊起感情，提了一些约会过的男性朋友，各自黯然神伤了片刻。

她们的感伤各式各样，年龄焦虑、被催婚、职场瓶颈等，但似乎没有人关照自己的内心。

她们的状态里藏着时代的缩影。人人都在寻找，但人人都不敢赤诚面对。因为对未来充满不确定性，即便对方是不够坦诚的人，也失去了大方拒绝的勇气。

她们比很多人优秀，应该被好好对待。但因为未被真正爱护过，内心深处便缺了些底气十足的自爱。在原本可以自信成长的年龄，反而唯唯诺诺。

成长的印迹悄无声息地烙在每个人身上，挥之不去。每个人未修行的功课，都将得到投射。自卑、匮乏，也会被一一还原。但感情自古以来就充满了不公平。卑微、讨好、委曲求全，不一定都能换来真心的对待。好的感情需要势均力敌，没有谁会无条件关爱一个一无是处的人，人比想象现实。

所以，欲爱人，先爱己。在那个人没有到来之前，恰如其分地自爱，带着尊重与坦诚，走向自己，也走向他人。

不要试图在一个不尊重你的人那里获得爱，即便获得了，最终也会失去。因为一个人若真心对另一个人好，诚意从来都不会缺席。

也不要去揣测对方的意图，而要去关照自己的内心。当你感觉到被滋养时，前进一点；感觉到被消耗时，果断撤离。不欣喜得到，也不畏惧失去。

她去了浮世

她不知道是什么时候把自己弄丢的，现在才认真地捡起端详。

音容笑貌和五六年前都差不多，但是心智却换了一轮又一轮。

早些年执着得厉害，爱恨情仇全都要；

现在又寡淡得厉害，什么都不想要。

每个人都终将为自己的决策买单。

那些负向或正向的思维不同程度地左右人的行为，结出了不同的人生果实。

那个一心做自己的人呢？

她去了哪里？

浮世。

那里有早已埋下伏笔的大雨，

倾盆而出，似一场又一场的人间闹剧。

为了躲雨，不停避世。

为了避世，不停流离。

都说女孩子长大了是没有家的。

走到哪里，哪里就是家。

想来也确是如此。

在昨日之前，有些事回想起来，我还不能释怀；

但今日再想起，它们都已得到宽恕。

不管事情是怎样发生的，每个人都尽力了。

生而为人的局限，让我们无法完美地处理它，产生了伤害。

这应该得到宽恕。

毕竟，人一生的成长不是一蹴而就的。

难免会在认知有限的情况下做一些不那么正确的尝试。

比如去不适合自己的轨道里寻找六便士，到看不见的地方寻找月亮。

新的自我铺陈

那是一个下午，我坐在陆家嘴的写字楼里，往窗外看了一眼。记不清天气是阴还是晴，但我似乎感应到了某种召唤。

于是，我做了离职的决定。尽管只是一个闪念，但它并不是突然出现的，而是潜意识里长久的自我铺陈。

要成为怎样的人，要过怎样的人生？尽管这是老生常谈的话题，但每个阶段的我们对它都有着不同的理解。昨天和今天真的不一样。

在某种程度上，这个决定和多年前的另一个心愿如出一辙。只是沉溺于幻象的我，暂时遗忘了。

但当一件件事情发生时，当这份日常不能再带来崭新的愉悦感时，我想应该是有新的自我要产生了，而它是什么，我一直也未能琢磨透彻。

可能是被庇护得还不错，我对人生的规划一直是随性而为之的，确切来说是任性。所以在后来的很长一段时间里，我的人生一直在那些不正确的选择里打转。

当一些屏风被撤去，我被生活的猛流推向泥潭时，心智才被缓慢地开启。我看着自己一点点被撕裂，一个又一个瞬间，嗔怒悲恸全都有。但生而为人的自我约束，时刻提醒着我，不要成为自己讨厌的模样。

所以，在一个又一个被动性卷入的事件里，我放弃了内心因嗔怒而升起的念头。选择宽恕，不是因为大度，只是因为不想沾染上不好的习气，成为乌合之众。

这是一种说服自我之后的原谅，始于人性，忠于素养。风平浪静之后，仔细品茗，生活的意义从恬淡的欢喜走向了更深层次的自省。心，像一潭清澈的水，因能见日月之光，而越发清静。

如点点星露，四时光阴，是普通人家的温良，日日如新。故事是她的亲历，是人性的共通，是弥撒的原谅。

人性的幽微

我又想起那年夏天。白色裙摆卷着热腾腾的理想,我无知无畏地漂流到上海。

我丢掉了北京的所有,头也不回地往前走。二十几岁不谙世事的天真,在裹挟着欲望的洪流里近乎倾其所有地奉献,奉献时间,奉献勇气,奉献热忱。

这大抵就是年轻。敢爱敢恨,敢走敢留,每一步都赤诚得淋漓尽致,没有半点忸怩。当然,对未来的瞭望偶尔也会败在完全不擅长的琐碎生活中,伴随着在彷徨里长出嫩芽的忧伤,每日都在不同程度地上演。

一晃五年过去了,那些困住心智的创伤,逐渐被治愈。我突然就理解了人性自心深处的幽微。

不知什么时候起,我对集体的狂欢会感到莫名的惶恐。

这种惶恐伴随着热闹形成巨大的失落,行走在人群中。

谁都看不见它,包括自己。

人与人之间的关系,摇摇欲坠,像风一吹就散了的蒲公英。

人类的狂欢像一场连锁的骗局。

除了最初的赤城相待和一览无余的初心，后来所有的附加都会变。或变得更好，或变得更糟。人性里的那些弱点，让我们作茧自缚、庸人自扰。但我还是相信樱桃会红，芭蕉会绿。

画心

朋友送了我一幅画，用了抽象的红，是记忆中初心的颜色，像冉冉升起的太阳，耀眼而夺目。

他说，拿起画笔的这些年，转瞬就走完了人生的三分之一，临摹过春夏秋冬，描绘过日月星辰，偶尔也会迷失在漫无边际的黑夜里。身边的人来来往往，做到持之以恒并不容易。

那些在画家街画画的日子，扑面而来的是生活，落笔为画的却是初心。从闵行的画室到角里的画室，十年，起起落落，如海上行舟。

然而，无论夜幕如何落下，次日太阳升起时，梦想都会上升。

1

我在夏日的外滩看落下的夕阳,倒映在水面,潋滟,又迷离。不禁让人想到毕淑敏老师的一句话:凡是自然的东西都是缓慢的。太阳一点点升起,一点点落下。

然而,缓慢是这个时代所剩不多的品行与修养。在时代面前,很多事情被雕刻,被影响,比如浮世里下落不明的爱与欲,贪与嗔。

如果可以用艺术来表达情感,那么这下沉的夕阳里藏着我对人性的期待。

我期待爱与欲上升到一定高度,成为一门令人诚服的艺术,美好而值得信赖。

2

去了一座海上岛屿,画笔里生出许多幻象,神秘而隐晦。于是用大片大片的紫勾勒了这个岛屿,想象它是波澜不惊的,而一旦靠近,却又别有洞天。

在画笔里,期待来信,期待白鸽,期待每个人得到永久的快乐与天真。这是一名艺术工作者的理想主义,与大同社会的幻灭幻生。像极了人生的不同阶段,有时上升,有时下落。

偶尔因这世间的阴晴圆缺所生出的感伤，竟在一幅画里得到治愈。说好的圆满，到头来不过是一场浮沉。浮出水面的花开并蒂，沉入大海的悄无声息。

雨水打湿的车窗，禁不起回忆的半段人生，统统抵不过时间，而时间终究会带走一切，包括这人世间的浮浮沉沉。待画至圆满时，愿这笔下的浮沉，给你三冬暖，庇你千岁寒。

清澈的，如这绘出的蓝；简单的，如这太阳照常升起。

有一年春，被卷进很多细小琐碎的事件，欠一句解释，可是不愿。

有一年夏，路过青山薄暮，没一句惜别，盛夏凉薄。

浅白岁月

窗外下雨了,两侧的风卷门而入。我和北京的前同事们聊起从前,恍若隔世,很多人和事,离开以后再也没有念起。就像在上海发生的种种,过去了就过去了,翻篇即是新的一页。

人生总有那么几个阶段,强烈渴望一些事,又强烈排斥一些事,等到什么都过去的时候,又什么都忘了。这大抵是成长的好处,让人放下我执。

隐于此处安心做事的日子变得恬静,即便内心偶有喧嚣。可能是早年受到太多眷顾,所以才形成这些被惯坏的毛病。我总以为它们是自己身上最后的真诚,所以总也不愿改。

天空飘过一朵云,像棉花般浅白,似这云淡风轻的日子。浮生若梦,将自我寄于他人,一不小心就忘了自己原本的模样。有些人不适合触碰感情。很多时候,我们以为自己足够成熟,而其实转个身就原形毕露。那些不够好的时刻,事后想起,自己都会惭愧。

我从瑜伽馆出来的时候,已经九点多,原本以为一个人走夜路是件可怕的事,可真的独自走完时,并不觉有什么。人总是对未知的事心生恐惧，而未知往往也没什么。毕竟，人生总是要走很多弯路才能正确那么几次。

人这一生的星辰

推开窗，世界熙熙攘攘地涌来，五彩缤纷的热闹轮番上演。

人们像沙丁鱼一般被塞进那个长长的人满为患的地铁罐头里，开始一天的生活。

在这逼仄的空间里，蓬乱的头发、枯槁的皮肤、惺忪的睡眼，近乎是永恒的风景。

我时常在这样的环境里思考人这一生的活法。
在几年前，这样的思考时常将我推入另一种困境。
过度思考的反刍和认知的局限让我产生巨大的焦虑。

纷杂凌乱的信息，片面而盲目地切入我尚未稳定的人格里。
那些"你不够漂亮"的声音，将我对美的认知击碎；

那些"你不够好"的评价,将我的自信架空。

二十几岁,最好的年华,不是尽情享受,而是与世上的另一个我偏执地对抗。

兵荒马乱的成长,裹挟着年轻人的敢爱敢恨,近乎天衣无缝地欺瞒了自己。

北上,南下,裸辞,隐居。

我的每一个选择,都遵从内心,不顾一切。

终于有一天,不得不面对现实。

现实,是一地破碎的月光,虽然闪烁,但终究拼凑不出花好月圆。

它打破了我所有的幻想,关于感情,关于理想,关于自我与他人。

每个人都终将为自己年轻时的任性、理想主义和肆意妄为而承担相应的后果,我也不例外。

去人间市集走一遭,去感受四块五的菜价和格子间的你来我往。

夜深人静时,扪心自问:"要这样过一生吗?"

不。

成长中的那些弯路已经清楚明示了我生活中的重要

意义。

人类的很多超负荷行为，背负了期待、欲望和世俗定义的成功。

过分激进地入世和过分寡淡地出世，有着如出一辙的心理——对自我的不接纳。

剥离二十几岁时的焦虑、不切实际和认知偏差，以倒推的思维去求索得到结果所需的过程，一切变得清晰明了。

当我收起四处眺望的心，踏踏实实地以我手养我心时，现实给了我很好的反馈。写作使我心智日益沉静，工作让我有所收获，学习使我破除思维认知里的自我袒护。

它们像命运赐予我的礼物，在以某种方式提醒我成为更好的人，没有让我成为随波逐流的人。

那些不同时刻发生的转折性事件，也不同程度地掀开了我人生的新篇章。于他人而言或许不值一提，于我而言，却是一座座大山。我背负着它们陷入两难，对窗外的繁花视而不见。

北京的风，卷着突如其来的脆弱，随时恭候在下一个路口，让人忍不住泪流满面。长期的压抑，抑郁成疾。

于是,我一路仓皇地逃到上海。

我以为来到上海,难过就会画上休止符,未曾料想每一站有每一站的泅渡。我开始明白人生的悲苦无常和长大成人的无力感。

人生的某些灰暗唯有自己明白。

得一人同声相应并不容易。

人类的悲欢从来都不相通。

人生与命运

徐徐而冗长的美,在时间的长河里,裹挟着我们对社会和人性的更深的认知,重新回到浮世。

那里人来人往,缕缕行行。

我迎着风站在风口上,和很多人擦肩而过。

莫名被人误会,莫名被人喜欢,莫名地被推向了乌合之众。

这样的风声,到处都是,像纸屑一样,四处游荡。

人类的无趣,在丛林里表现得淋漓尽致。

说起来应该是悲伤的,但世人教会了我豁达、通透。

所以，很多理应悲伤的时刻，我却来不及悲伤，只得大笑。

只是那笑声，越来越轻。

和朋友聊起一些事，说好像电影情节。而命运又如此开诚布公，给了我极致的好与极致的糟糕，让我从此学会了乖戾。我端详着自己的模样，仔细看，仔细看，看见了生命的一点真相。

人生有什么好失去的呢，本就空无一物，赤手空拳。得到了是惊喜，失去的也本就不属于自己。

世间哪有一蹴而就的通透与明白，背后都是不为人知的两难。两难并不总是坏的，遇见上乘的智慧，就会转化成慈悲的力量。

当学会了不去期待，对每一种得到心怀感恩，便觉日日是好日。

人终归会变老的

2021年的冬天，我的眼角长出第一条皱纹。

看着那条皱纹，我第一次意识到不断增长的年龄真的与衰老挂上了钩。

曾经看过很多文章,说衰老并不可怕,皱纹也很美丽。但当第一条皱纹爬上我的眼角时,还是会惶恐。尤其是对一个单身的未婚女性而言。我害怕在遇见那个他时,自己已衰老得不成样子。

为了维持容颜,我从每年的花销里提出一笔预算,将抗衰项目排上日程。这样做让我感到安心。

每次去做皮肤管理时,我都会想起母亲。她是个笑起来梨涡浅浅的美丽女子,但也这样不知不觉地老去了。

她是什么时候衰老的呢?有确切的日子吗?我并不知道。只是有一日看见她,觉得她变了,好像胖了一点,双眼皮好像变窄了一点,笑起来眼角分明多了一些褶皱。

是的。我那曾经看起来和我如同姐妹的妈妈,以我不知道的速度衰老了。好像在一夜之间,又好像已经很久了。

他们说皱纹让人看起来更有韵味,我想我的母亲并不这么认为。一向节俭的她主动提出让我给她买护肤品,曾经她觉得这些东西没有用,只是浪费钱。

偶尔逛街的时候,她的目光总会落在好看的女孩儿脸上,那眼神里有羡慕。她说如果人生重新来过,她一定在年轻的时候穿喜欢的衣服，过喜欢的人生，做不一样的自己。

她这样说的时候，我觉得伤感。她这一生牺牲了很多，没来得及好好年轻，就开始老去。

但人生没有如果，她成了会在菜市场里为省几毛钱而讨价还价的女人，而几毛钱、几块钱甚至几十块钱的浪费，每天都在我身上发生。所以她总觉得我生错了家庭，从小就有养尊处优的陋习。而她不知道，我这对金钱不敏感的性格，完全是因她庇护而成。

生活的忙碌使她无暇关心容貌。她就这样一天天老去，皱纹越来越多。而我对此束手无策。生命的流逝充满了无可奈何。我偶尔会对这时间的漫不经心生出一丝畏惧，希望它走得慢些，让衰老来得迟缓一些。

但妈妈说，人终归是会变老的。一点点，一天天，直至我们接受它的新模样。

善与恶

五月的上海，像一部黑白默片，掀起了满城风雨，人性的种种也淋漓尽致地呈现了出来。

在这所有的喜怒哀乐里,我选择了平静。

平静,是通透的人生底色。

小区的树上挂满了绿色,葱葱郁郁,静默如谜。

整个城市笼罩着不明就里的灰,谁也不知道下一刻会发生什么。

我偶尔透过窗看一眼外面的世界,热热闹闹的清冷,热热闹闹的离散。

我曾和不同的朋友聊起人性,有人是性本恶论,有人是性本善论。

每个人因自己的境遇而对人性有了不同的解读。

我早年不谙人性,对世事的理解浅薄许多,每每听闻人性本恶论,都会诧异不止。长大后再听闻,更多的是理解与尊重。每个人有自己的善恶,你理解的未必是他人能感同身受的。我们不能因为自己觉得自己是善的,就去否定别人的恶。

朋友问我如何看待"人之初,性本善"。

我停顿了片刻,想起小时候那些纯良至善的事。

孩童心底的柔软,大人无可比拟。"人之初,性本善"的纯真,是演不出来的。

但这不代表孩子的灵魂就绝对纯净,他们也有自己的私心杂念。

而成长给人最好的礼物,便是喜悦和哀愁相伴而生,连同人性的全貌,也都一览全无。

那是一种略带悲伤的领悟,像乌托邦轰然坍塌。

纵然有幸阅览人性的全貌,依然笃定地向善,但也理解人性的另一面。我们于他人的善恶是自己能平衡的,他人于我们的善恶只能选择接受。

又或许,人性本无绝对的善与恶,所有评判不过是基于各自立场而衍生出来的行为标准。

短句

1/
五光十色里，披一身澄明与清澈，奔赴浮世。

踮起脚尖，颠簸着一路心花，看那三寸日光与烟火，新生的澄明，与慢慢来的诚意，被写进许愿簿。

2/
任何一种爱，都带有一定的伤害性，但我们不能因为害怕伤害就不去爱，或是用伤害他人的方式保护自己。好的爱是一种救赎，拯救两个孤单的人于水深火热。

3/

人生的十字路口，左右都是方向，又都不是方向。

相似的路径延伸，每一条又都十分不同。生怕一个不小心便无路可走。

年幼时有着天不怕地不怕的安全感。在社会里颠簸久了，逐渐没了当年的顽皮，以至于此后的每一步都走得力求稳妥。

4/

人只有脱离具体某件事的营生，才能沉下心去做好事。

5/

一不小心蹭了地铁里的某位乘客，
还来不及道歉，她便正言厉色起来。
我平静地看着她，
她一定受了不少生活的难吧。

6/

心里有大悲的人，是看不出喜乐的。

但眼睛可以。

7/

很多人的梦想就像雪人一样,见不得阳光,一见就化了。

即便如此,只要有过雏形就很好了。

或许,这样显得没有野心。

但没关系,在野心和家庭之间,我甘愿平庸。

我不愿她们为我的野心承担任何风险。

8/

去年此时,给了自己安定喜乐的心念,

于是有了这悲欢与共的人间烟火;

今年此时,给了自己冷感慎独的信仰,

修那菩提树下的尘世清欢。

9/

愿为曾经的因而尝果,也愿为未来的果而善因。

不是自己的不要,不是温暖的不受。

从此，人间清欢，不沾不带。

10/
如果说成长中做错过什么，

那便是过分在意他人的目光，努力活成他人喜欢的样子。

11/
心里一旦生出嫌隙，要愈合，怕是需要长久的温柔相待。

12/
宽恕是一种遗忘，

当我说"我原谅你"的时候，也就意味着我忘了你的过去。

可是，过去真的过得去吗？

人所承受的，如何假装看不到？

13/
回头看，所有的不在一起都是正确的。

有时是你达不到对方的要求,有时是对方达不到你的要求。

总而言之,那种年少时喜欢一个人的执念在成年人身上越来越少了。

有时我们以为自己适合普通人的生活,但若真把自己扔进琐碎的柴米油盐,可能会过得不快乐。

14/
不是所有爱情故事里都真的有爱情。

看的人以为是爱情,但是亲身经历的两个人都知道那未必是爱情。

15/
当岁月长到一定程度,随心所欲便变得奢侈。

16/
人总是习惯取笑那些轻易变了初心的人,

但初心未必是完全正确的。

就像当初我们以为,喜欢一个人就要与之携手,喜欢一件事就要从一而终。

17/
感谢生活赐你一段别样精致的岁月，尽管这精致包裹着太多凌厉，但依然不失时机地示其柔和、予其力量，使之懂得生而为人不易却也难能可贵。

18/
要让你爱的人满意很难，但伤害你却很容易，一个眼神、一个表情就可以。

19/
有些人，若早点遇见，兴许会有一段美妙的缘分，可恰恰是晚了那么一点点，便失去了交集的所有可能。

20/
成长，抽丝剥茧地还原了真相。

长大后，我们并没有怎样怎样。

21/

到某些时刻,你会突然明白人性。

即便失落,也不会去计较了,不过是莞尔一笑,在心里自动排列组合罢了。

22/

冬天是索要关怀的季节,

即便自己不愿承认,但身体知道,

比如,这突如其来的咳嗽,毫无征兆。

23/

生命拆开来看,是生和命的组合体。

但往往生不由命。

有怨怼,有不满,有不甘。

辉煌的,颓败了。

圆满的,破碎了。

每个人度每个人的劫,他人爱莫能助。

24/

你说,你不会写故事,命运便赐了你一丈红,从此有了比电影还狗血的故事。

你说，你有天分未被激发，所以便用命运作梗来成全。

如果非要选择，那么我想让它们长眠。

不曾迷失便不会梦魇，也不会有哭不出的浪漫。

25/

在陌生的环境 每日只是礼貌性地问候，没有纠缠，没有羁绊。日子是成片成片的安然，言语是大段大段的静默，任阳光微风随性亲近。这感觉像极了小时候夏日午后一个人在房间里的自洽。人与人之间最舒服的相处概莫如此了。

26/

在没有遇见非你不可的人之前，

多爱一点自己，

这样才不至于遇见他时身无一物。

27/

一件事一句话说一遍就好，放在心里是在乎，忘却了便也无须再提。

28/

有很长一段时间,我并不知道生活是什么。于我而言,它像一块遮羞布,铺陈着悲凉的底色,日复一日重复在今日、昨日、明日里。吃糟糕的食物,喝坏掉的水,任日子过得锈迹斑斑。直至走出格子间,方才发现生活之美,就在当下。

29/

我们都是那种悲观的乐观主义者,容易相信一切,也容易对一切质疑。一旦觉察出肆意伤害,便会假装忘记并且原谅,但从此也会心有藩篱。

30/

如果你曾在下雨天搬过家,在深夜一个人去过医院,在最时尚的都市圈遭受过冷漠,在炎炎夏日辗转过多个公司,你就会懂得:你舍不得的不是梦想带来的成就,而是为梦想倾注的那一份执着。

31/

北京的冬天总是很冷，冬日的早上，太阳出来得很慢，六点钟的公交站台或地铁口，总是挤满人，刚刚睡醒的样子。

32/

人在思想不成熟时会囿于自我偏见而排斥一些自以为对自己不好的东西，比如复杂、理性和现实。早年的自己总觉得这些东西很糟糕，它们不应该成为人生的一部分。可是一个人只要到生活里去，这些名词就无处不在。

33/

去爱，或恨，

去生活，或以喜欢的方式过一生，

可以一叶知秋，也可以落英缤纷。

34/

所有年轻时犯的错到最后都要自负盈亏。比如，承担没有好好学习的后果，承担在感情里孤注一掷后的曲终人散，承担在生活扑面而来时的慌乱无措。一件件，凡是你不曾经历的，到最后都要亲身经历。

35/
雨下了一整天。地铁口走出很多人，霓虹灯下的赤橙黄绿被披戴在身，那是生活扑面而来的真相。

36/
每个人都会经历难过和疼痛，从而让此后的难过和疼变得举重若轻。

37/
暧昧和喜欢是一步之遥，而喜欢和爱却咫尺天涯。所以才有许多以爱之名。但感情是自私的，无论是暧昧、喜欢，还是爱，它都带有偏见和私心，不希望与太多人分享。可是人有七情六欲，贪嗔痴总是难归其位，而我们又都是普通人。

38/
有时候不爱了就是不爱了，不一定是有了新欢。

39/
还是害怕伤害，但是敢于面对了。

因为有了这样的领悟，开始敢于靠近伤害。

因为离伤害最近的地方就是爱。

40/
人性是没有明确的好坏之分的，

不同条件下的人性是不一样的。

理解了人性，也就理解了世间万般种种。

41/
爱不是偶像剧里事无巨细的被爱；是两个能量相当的人，遇见了，既不相互损耗，也不相互吸食。我喜欢和你在一起的我，也喜欢和你不在一起的我。我因你而完整，也因你而独立。

42/
她笑了笑，假装有开心的事发生，安静，自持。

试图抖落眼角躲藏的哀伤。

43 /
没有曾经的幸福做底色的人,是不是会更容易幸福?

44 /
人与人之间的繁华颓败,有时只是一念之间,像风吹落叶,起时繁、落时败。

45 /
人会因自己不被爱而失落,也会因盛宠而傲娇。这两类人都是极其容易被爱灼伤的。前者不停用存取爱来证明自己值得被爱,后者不停用消耗爱来证明自己爱得高高在上。

46 /
无论多好的感情都经不起长期的分离,不是感情经不起考验,而是长期的分离使彼此对彼此的了解并不健全。分离使恋爱中的男女活在幻想中,幻想对方是自己喜欢的样子,然而,没有真正在一起生活过的人并不能真正了解彼此。

47/

很多时候,"没关系"只是碍于情面说出的一句话。

"没关系"不代表"真的没关系"。

48/

去了解一个人,太过烦琐;

向他人敞开自己,太过冒险。

从此,我们学会心有藩篱。

49/

你曾说过,要给我花好月圆,可是怎么才一个踉跄,那当初深入骨髓的感情就变得这么冷漠。

50/

遇见一个人,第一感觉还不错,可是几次接触便失了耐心。

那粗糙的动心,经不起精致的揣测。

由远及近,再由近及远,便产生了疏离。

51/

是人就会受到伤害,没有人可以幸免。

有爱必有伤,世上没有一种不疼的爱。

52/

爱你春光明媚的人,无论有多少都不算多;

爱你风卷残荷的,一人足矣。

53/

有时候,幸福不是一眼看上去的模样。

我们用各自以为的好,对对方好,却发现那种好,总也好不进他的心里去。

54/

那浅白的流年和转瞬即逝的青春,

不声不响地,溜走了。

它用特别的方式向我宣告成年的开始。

而成年意味着生活、责任、眼泪和不易。

55/

每段感情结束时,都有自己的征兆,由热渐冷是共性,开始多温柔,结局就多冷漠。

56/

那些天马行空的任性终究是要付出代价的,区别只在于你负担得起或负担不起。

原本柳暗花明的春天,你将自己推到万劫不复的深渊。

这是成长的代价,如饮鸩止渴。

57/

这世上所有的不够细致,都源于不够用心。

58/

收到B的信息,他说醒来有些伤感。

我安慰他一切都会好的。

他说,去年你也是这么说的。

59/

她一个人沿着路灯走了许久。

看见一家小店,门面不大,有点脏兮兮的,但还是走进去吃了碗面。辣椒很辣,但她没有流泪。

60/

雨在风里漂泊出了孤独。

61/

你可以成为很多人的听众,但不是所有人都适合成为你的听众。听与被听需要缘分。

62/

分手能有多难过呢,不过是当时声嘶力竭地挣扎,事后想起不过尔尔。倒是那后遗症成了下一段感情开始的樊篱,跃跃欲试却又怕重蹈覆辙。

63/

言语一旦被说出,就有可能面目全非,因为听到的每个人都试图用自己的方式来理解并陈述它。

64/

你说,从十二月的第一天起,

内心就时常有一种无的放矢的情愫暗涌。

我问为什么。你说,怕不被祝福。

65/

小时候,盼望长大,无时无刻不。

总以为,长大后可以做任何想做的事。

于是,那漫长岁月里,

小小的我,对大人的世界充满向往。

向往妈妈的红色高跟鞋和浅笑弯弯的眉眼;

向往花间集、林中风和飞翔的白鸽;

向往自己能像大人一样说一不二,无所不能。

后来,终于长大,戴上成人的皇冠,

看完目光所及之处的姹紫嫣红,

才明白,世上没有无所不能。

66/

每个人都爱自己胜过爱他人,

甚至以爱他人的名义爱自己。掩耳盗铃。

67/

当一个人企图用外界去舒缓内在时,其内心是有症结的。

这症结可能源于某种特殊的经历,也可能源于内心某种东西的缺失。

68/

有的人把心都掏给你了,你却假装看不见,因为你不喜欢;

有的人把你的心都给掏了,你却假装不疼,因为你爱。

69/

涉世未深,人间繁花。

琳琅满目的,仔细辨来,假作真时真亦假。

70/

在这座城市充满了太多不确定,

我们唯一能做的或许就是不再替别人为难自己。

71/

人与人之间，不是生离就是死别，并无第三种结局。

72/

一段感情最真实的模样，只有恋人之间最清楚。它并不是童话那么美。

它有眼泪、欺骗、愤怒、嫉妒、怀疑，甚至还有第三者。这是真的。

73/

也曾为爱和梦想，披荆斩棘，

只是，见完所有曾以为的幸福，

才终于明白最向往的也不过是，

一饭一蔬的简单，

一朝一夕的安然，

一颦一笑的温情。

有再多良辰美景，

有再多金银细软,

有再多华服美食,

终究不及亲人爱人朋友在身旁的踏实。

74/

收集的好看糖纸变成罐子里的千纸鹤,送给喜欢的少年。

囊中羞涩,买不起贵重礼物,在花几个月采撷的标本上写满情话,送给牵了手的他。

75/

偶尔会向往,你遇见一个人,觉得就是他了。

那种笃定令你喜极而泣。

简单而美好,专注而深情。

76/

人,一旦通透了,看什么都明亮。

77/

当身为子女的我们在离开父母去往远方的那一刻,就应该明白:

外面的世界没有别人,只有自己,此后生活里的爱恨别离他们再也无能为力。

78/

但凡任何坚实可靠的关系都无须用力声张。

友情如此,爱情如此,任何感情都是如此。

79/

年轻真好,可以互相伤害。

后记

一本书结束的时候,意味着我们的相处即将结束了,结束意味着告别。

我并不是一个特别勤奋的创作者,写作总是随心所欲。所以,你们看到的这些文字充满了偶然性,它们诞生于每一次心血来潮时。

言语偶或词不达意,时常不能准确概括人对生活的体悟。心智的变迁,也常常让人不敢回头看自己写过的文字。仿佛它们也有人性的各种瑕疵,却还是无知无畏地被暴露与呈现,而我又接纳了它们的不完美。

兜兜转转这么久,我还是走上了写作的道路。在这之前,我对世界和自己的理解都比此刻繁华很多。繁华意味着欲望、妄想和理想主义。这样的我让光阴都斑驳出了惆怅，飞翔的白鸽却浑然不知。

命运终究是神奇的，它试图用一场场离别与无常将我唤醒。在那些谁也看不出动静的光阴里，生活的轨迹已悄悄地拖长了十万八千里。

落笔成文的时刻，一些雨纷然而至。有时我也会困惑，是哪里出现了偏差，在谋爱谋生的路上，理想国为什么就轰然坍塌了。

因为晚熟。

晚熟的人，时常雾里看花。

而花非花、雾非雾。

那些年，我像是睡着了一般，叫也叫不醒。我手捧着那些梦，交付给现实，它们让我感受到一个女性晚熟路上的凝视。

生活里的难，如同人性的凋敝一样经不起推敲。各人拿着各自为数不多的筹码，试图过好这一生。为这个"好"字，枷锁缠身。

那时，我才恍然明白，那些快乐的、不快乐的过往，都是心理作用。弱水三千，注定只能取自己喜欢的那一瓢饮。谋爱谋生皆如此。

这是我为数不多的人生体悟，算不得经验，送给你们。希望你们有晚熟的无忧，早熟的通透和宽广的人生宇宙。